Vier Männer aus Berlin und Hamburg gründen eine Band. Deshalb begeben sie sich aufs holsteinische Land in Meeresnähe.

Sie wollen dort in mehrtägigen Sessions gemeinsam Musik erarbeiten. Es entstehen trotz extremer Umwelteinflüsse unvorhergesehene Songs, aber auch unerträgliche Spannungen im Bandgefüge. Um diese abzuleiten, schreibt jeder der vier während der Aufnahmen heimlich eine Art Tagebuch.

Das Buch versammelt diese Aufzeichnungen nebst Illustrationen. Eine absurde Welt, beherrscht von größenwahnsinnigen wie liebevollen Figuren. Denn es passiert viel: Offene Streits und Intrigen, Liebe zu Tieren und unter Tieren, schwere Krisen und noch schwerere Vermeidungsschmerzen.

Nur eine Frage bleibt: Lässt sich die Erde das alles gefallen?

Die Gruppe OIL sind die in Deutschlands Untergrund sattsam bekannten Autoren und Musiker Reverend Christian Dabeler, Timur Mosh Çirak, Maurice Summen und Gereon Klug.

Reverend Christian Dabeler: Musiker, Autor, Seemann und Schauspieler. Von Rollo Aller bis Deichbullen. Von Klotz & Dabeler bis Universal Gonzales. Von Rocko Schamoni bis OIL. Alles nur ein paar Seemeilen voneinander entfernt.
Timur Mosh Çirak: Die Geheimwaffe von OIL. Bassist, Autor, Mocca-Chef und Comic-Zeichner. Herkunft Istanbul. Vermutlich.
Gereon Klug: Er sagt, er sei eine Art Autor. Von Hanseplatte-Newslettern bis »Leider geil«, Kinderbüchern und dem einzigen kochbaren Kochbuch. OIL ist Klugs erste Band. Er schreibt Texte, singt und spielt Saxofon, weil er es mal konnte.
Maurice Summen: Musiker, Labelbetreiber und Autor. Bei OIL für Musik und Text verantwortlich. Und auch wenn er bei OIL nicht der Labelchef ist, führt er sich allzu oft wie einer auf.

DIE GRUPPE OIL

NATURTRÜB

ROMAN

VERBRECHER VERLAG

Die Musik zum Buch »Naturtrüb« ist in zwei LPs und digital bei ZickZack erschienen.

Erste Auflage
Verbrecher Verlag 2020

www.verbrecherei.de

Illustrationen: Timur Mosh Çirak
Druck: CPI Clausen & Bosse, Leck

ISBN: 978-3-95732-424-5

Printed in Germany

Der Verlag dankt Jessica Finger, Lealina Grün, Theresa Meschede, Franca Pape und Sara Trapp.

Was kümmert uns der Mensch?
Wichtig ist nur das Öl.

B. Traven

1. HEIDMOOR I

Heidmoor ist eine Gemeinde im äußersten Südwesten des Kreises Segeberg in Schleswig-Holstein. Das heutige Gemeindegebiet besteht seit 1951. Bevölkerungsdichte: 18 Einwohner je km^2. Die Gruppe OIL war fünf Tage vor Ort.

1. TAG: ANKUNFT

Mittags, Rev

Ich weiß gar nicht mehr, warum ich alleine hierher gefahren bin. Schließlich kommen Mosh und Maurice auch aus Berlin, und wir hätten zusammen fahren können. Vielleicht kam ich von woanders? Wo immer woanders auch sein mag. Auf jeden Fall war es schwer, die Hütte von Bugmann zu finden. Navigationsgeräte funktionieren hier nicht, weil es kein richtiges Netz gibt.

Ich finde es ja meistens toll, wenn es kein Netz gibt. Wie früher, als ich noch jung und glücklich war. Also gut, ich war nur jünger, der Rest stimmt nicht.

Nun bin ich aber anscheinend auf dem richtigen Weg und seit Berlin hängt eine dunkle Limousine hinter mir. Sie überholt mich auf dem kleinen Feldweg und zwingt mich zum Anhalten. Ungefähr 20 Meter vor meinem Ziel. Ein Mann und eine Frau steigen aus, und es ist unschwer zu erkennen, um was für eine Art Personen es sich handelt. Polizei, Osterei.

»Papiere bitte. Können Sie sich denken, warum wir Sie anhalten?«

»Leider nein.« Natürlich kann ich mir denken, warum die mich anhalten. 1. ist es deren Beruf, andere Leute anzuhalten. 2. ist dieser Beruf hier draußen garantiert arschlangweilig. 3. sehe ich nicht so aus wie jemand, den man anhalten müsste, und darum muss man mich natürlich anhalten. 4. hängt mein Nummernschild nicht an der Stoßstange, sondern liegt auf dem Armaturenbrett. 5. sitzt Emma unangeschnallt auf dem Beifahrersitz. 6. hab ich mindestens 1,5 Promille.

Es geht jedoch tatsächlich nur um das Nummernschild. Dass Emma nicht in einem Hundegeschirr angeleint ist, findet der ebenfalls hundebesitzende Beamte verantwortungslos, es sei allerdings leider nicht verfolgbar. Er weiß genau, wie man so einer Stadtsau wie mir ein richtig blödes Gefühl verpasst. Ich sehe sein Einfamilienhaus vor mir. Seine moderne, rothaarige Frau mit dem weißen Škoda-Kombi, die beiden Söhne, Thorben und Finn, neun und zwölf Jahre alt. Ich weiß, dass einer von ihnen seinen Vater später hassen wird, weil dieser nie etwas falsch gemacht hat. Und ich weiß, dass beim Wochenendgrillen mit den Kollegen The Clash läuft, in einer Lautstärke, die niemals die Nachbarn stören würde.

Die Beamten lassen mich laufen, ich fahr daraufhin die letzten 20 Meter zur Hütte und gehe mit meiner Gitarre auf die Veranda.

Um mich herum die schönste Natur. Felder, Wiesen, Wälder und mittendrin dieser wunderbar abgeranzte Bungalow. Zum Glück ist niemand da, der mich fotografieren könnte. Der Hund, die Veranda und die Gitarre in den Feldern; das alles sieht aus, als würde ich gerade einen Blues spielen. Ich muss gestehen, tatsächlich erzähle ich den meisten Leuten, ich würde nur Blues hören. Dann hat man seine Ruhe und muss sich mit niemandem mehr über Musik unterhalten.

Mittags, Gereon

Gemeinsam mit Maurice und Mosh komme ich an. Unser Ziel liegt nur zehn Minuten von Berlin entfernt. Leider ist Berlin das Berlin in Ostholstein – ein 800-Seelen-Dorf, das wirklich Berlin heißt und auch noch stolz drauf ist, so zu heißen wie die unheimliche Hauptstadt. Soll angeblich auch älter sein und hat sogar einen Kurfürstendamm (eine normale Straße, wie sie langweiliger nicht sein kann) und einen Potsdamer Platz (eine Kreuzung ohne Ampel). Sehr lustig.

Heidmoo

Wo so ein Humor wohnt, kann kaum Leben sein. Für unsere Zwecke natürlich gut. Eine Gegend, die Konzentration verspricht und das Versprechen halten wird. Wir sind gleich durch dieses Berlin, um an den Rand eines Naturschutzgebietes zu fahren. Zum nächsten Dorf Heidmoor, das noch weniger Häuser hat. Genauer gesagt: drei Häuser. Eins davon ist die Hütte von Bugmann, in der wir unsere ersten Aufnahmen machen wollen.

Eine ehemalige Försterhütte, die er günstig geschossen hat. Auf der einen Seite hat sie nichts auf zehn Kilometern Sicht, auf der zweiten ebenfalls nichts, auf der dritten hinten etwas Wald und von der vierten aus erahnt man ein Haus. Wahrscheinlich genau richtig für eine Band, die sich finden muss. Denn Bands finden sich über Krach. Mal sehen, ob ich recht habe.

Die Hütte sieht sympathisch aus. Flach inmitten eines großen Gartens. Nicht teuer gebaut, offenbar überall um eigene Materialien ergänzt und zurechtgeflickt. Neben dem Eingang eine Sitzecke mit optisch wie qualitativ zusammengewürfelten Stühlen und einer Bank, die in der Stadt umgehend ausgetauscht werden würde, weil da nichts Schrabbeliges lange überlebt. An der ehemals weißen Backsteinfassade eine naive Malerei einer Fußballszene, darunter groß und eckig: BRASIL 1974. Gehört ganz klar in eine andere Welt oder Zeit. Und deshalb sind wir hier.

Ich lasse mir meine Angst nicht anmerken, eine Band gegründet zu haben, sondern bin offensiv gut drauf.

Mittags, Maurice

Ich schlafe hier im Kinderzimmer. Vermutlich, weil ich der Jüngste in der Band bin. Meine Bettdecke ist mit Fußbällen bedruckt, phosphoreszierende Sterne kleben an der Decke, Asterix-Bücher liegen auf dem Nachttisch. Ich werde mich sicher schrecklich elend fühlen, wenn ich betrunken nach nächtlichen Musik-Sessions in diesen Raum der Unschuld falle.

Leider blicke ich aus meinem Fenster heraus nur auf den geteerten Bauernweg, erkenne ein entferntes Bauernhaus und kann nicht auf das weite Kornfeld sehen, an dem sich Gereon und Rev aus ihren Schlafgemächern (Bauwagen und Bauwagen) heraus erfreuen können. Ein Panoramablick, für den Menschen bei Airbnb locker 50 Euro extra springen lassen. Aber was soll's? Ich werde diesen Raum eh nur fürs Pennen nutzen.

Bei Mosh habe ich noch gar nicht reingeschaut. Er hat das Zimmer mit dem Ehebett erwischt. Vermutlich liegt dort ein Klassiker der russischen Literatur auf dem Nachttisch. Oder »Das Leben des Vernon Subutex«. Was popsozialisierte Familienmenschen heute so lesen. Oder das, was sie sich in ihrem Leben noch vorgenommen haben zu lesen. Es aber wegen der anstrengenden Kinderbetreuung schon wieder nicht geschafft haben. Abends, wenn die Kids endlich schlafen, blicken sie erschöpft und schweigend aufs flackernde Kaminfeuer. Das Knistern des Feuers klingt für sie wie die Auslaufrille einer Schallplatte. Nur dass diese Schallplatte schon lange keiner mehr umdrehen will.

Mittags, Mosh

Kaum angekommen, teilt sich die Gruppe in zwei Lager. In der Basis sind Maurice und ich untergebracht. Die Außenposten bewohnen Rev und Gereon. Das spielt natürlich nur fürs Schlafen eine Rolle. Anscheinend hat das Glück mir das angenehmste Zimmer beschert. Ist recht so, schließlich kenne ich nur Maurice gut und die beiden anderen eigentlich gar nicht. Wird noch kommen. Aber es ist gut zu wissen, dass ich hier einen schönen Rückzugsort habe. Außerdem öffnet sich meine Tür direkt zur Küche. Das ist mir am wichtigsten. Es ist schön, morgens als Erster in die Küche zu dackeln und sich erst einmal einen hervorragenden Mocca zu machen, bevor die Gruppendynamik beginnt.

Meine Moccakanne habe ich natürlich dabei, wie immer. Und ein Päckchen Mehmet Efendi. Meine Lieblingsmischung. Herrlich. Das Kännchen habe ich schon ziemlich lange. Es ist aus dem Tahtakale-Viertel in Istanbul, wo man Kännchen, Kocher, Töpfe, Holzlöffel, Messinglöffel, Hämmer, Messer sogar Pistolen und Polizeiuniformen in kleinsten Läden in engen Gassen erwerben kann. Sogar ohne Feilschen, was mir sehr entgegen kommt. Weil ich Feilschen hasse. Ich habe gerne feste Preise. Jeder denkt, mir müsste das Handeln im Blute liegen, weil ich Türkdeutscher bin. Was für ein Quatsch.

Über die Jahre hat sich im und um das Kännchen eine schöne Patina gebildet, und ich könnte wohl Wasser, Wein oder irgendeine andere Flüssigkeit hineingießen, und es käme ein herrlich braunes Gold herausgeflözt.

Ich bin gespannt, wie sich das alles hier gestalten wird. Seit meiner Jugend spiele ich in Bands, nie erfolgreich, doch eigentlich fast immer gute Musik. Allerdings formten sich diese Bands immer im Proberaum. Bei Bier und Zigarettenrauch. Man probte unheimlich oft, bloß um dann zwei Konzerte am Stück zu spielen. Gerade das Rumhängen im Keller oder in der Scheune oder wo auch immer macht es doch aus. Jetzt wollen wir am Küchentisch ohne Verstärker und Schlagzeug einfach so direkt in den Rechner reinspielen. Vier ältere Herren am Küchentisch ohne eine Vorbesprechung – aber mit viel Lebenserfahrung und Liebe zur Musik.

Mal schauen, ich bin gespannt. Aber zum Wesentlichen: Wie gestaltet sich eigentlich die Essensangelegenheit? Für mich die eigentliche philosophische Frage unserer Zusammenkunft. Der Ort hier ist im

Heidmoor

höchsten Maße dafür geeignet. Nicht nur meine Kanne, sondern auch dieser Küche-Esszimmer-Wohn- und Aufnahmeraum hat seine eigene Patina.

Das wird unsere Speisen auf jeden Fall positiv befruchten. Außerdem haben wir eine Hündin dabei, Emma heißt sie. Macht einen netten Eindruck. Ich denke, wir könnten gute Freunde werden, vielleicht mag sie auch Mocca, das wäre doch wunderbar.

Bestimmt bekomme ich hier auch frische Hühnereier. In der türkischen Frühstücksküche gibt es hundert Eierspeisen-Varianten. Da eröffnen sich grandiose Aussichten für das Frühstücksgelage.

2. TAG

7:45 Uhr, Rev

Die Schweine haben mir und Emma den unbeheizten Bauwagen zugeteilt, obwohl ich Gruppenältester bin. Es sind minus drei Grad.

Nachts hatte ich das Gefühl, dass Wölfe an der Tür kratzten – vielleicht waren es aber auch nur die Wildschweine, die mich gestern Abend durch den Wald hetzten. Ich muss etwas gegen die Tiere unternehmen, darum esse ich heute Wurst. Sollte ich es gleich bis ins Hauptquartier schaffen, freue ich mich auf das gemeinsame Frühstück. Hauptsache wieder Kontakt mit Menschen. Egal wer. Meinetwegen sogar OIL. So heißt die Band, die wir zu viert gleich gründen wollen. Neben mir noch Maurice und Gereon und Mosh. Der ist der Eierchef. Wir dürfen sie nicht anfassen, hat er als Erstes gesagt. Nicht anfassen, die Eier von den Hühnern.

8:30 Uhr, Gereon

Pendele zwischen Himmel und Hölle, wache eiskalt aufgehitzt auf. Die Beine sind gefroren, der Kopf fiebrig. Furchtbar. Das eine liegt am verdammten Wohnwagen, in dem ich pennen musste, das andere am Morgenfieber des Schädels, obwohl ich kaum Alkohol trank gestern. Oder? Meine Bleibe hier in Heidmoor ist ein Bauwagen, vielleicht 20 Meter vom Haus entfernt. Erscheint mir die beste Lösung, muss ich nicht bei den anderen in der Nähe pennen oder da, wo ich Nudeln esse.

Mein Wagen ist komplett eingerichtet mit Sachen. Es gibt kaum leere Stellen. Er gehört laut Bugmann einem Fahrradkurier aus Hamburg, der einfach gefragt habe, ob er ihn auf seinem Grundstück abstellen könne. Der Kurier lässt gerne alles liegen oder so wie es ist. Sofort fühlt man sich wohl. Aber in puncto Temperatur fühlt man sich hier nicht wohl.

Man kann hier liegende Jahre damit verbringen, die Augen umherwandern zu lassen, um sich ein Charakterbild vom eher unordentlichen Besitzer zu malen. Offenbar hat er Kinder, es gibt da oben auf dem Regal Spiele. Überall stehen oder sind Dinge. Feuerzeuge, Kerzen, Zeitschriften, Ascher, Stifte, Döschen, Kissen, alte Schlüssel, Tassen, Zettel, Skulpturen aus Holz, Sonnenbrillen, ein altes Kühlspray, ein Kassettenrekorder von früher, eine halbe Rolle Klopapier, was aus Metall, was aus Marmor, was aus Kork, was aus Plastik, was ist das alles?

Die anderen OILer sind wie immer noch nicht wach. Sie glauben wohl, damit sei man Künstler. Ich hasse Künstler und diese ganze Künstlerscheiße. Kunst mag ich, aber Künstler nicht. Musik mag ich, Musiker weniger. Das hängt mit meiner Jugend zusammen, in der ich ... langweilige Geschichte, die habe ich mir selber schon zu oft erzählt.

Haben wir gestern eigentlich noch was gemacht mit der Band?

14 Uhr, Maurice

Wie warm das ist, es sind herrliche 14 Grad. Mein erster kühler Gedanke gleich schon am Morgen: Ich bin zu jung für diese Band. Es ist keine gute Idee, mit Ü50-Leuten eine neue Band zu gründen. Es wird Gründe geben, warum Menschen über 50 es nicht geschafft haben im Rock 'n' Roll-Geschäft. Oder das, was bei uns davon übriggeblieben

ist: ein Bass, eine Gitarre, eine alte Korg-Rhythmusmaschine und ein MacBook.

Als ich 14 war, da war es cool und vorteilhaft, mit den älteren Typen rumzuhängen. Aber heute? Ich sollte endlich meine Blickrichtung ändern. Mit jungen, wenigstens gleichaltrigen Musikern mein Glück versuchen. Mit Musikerinnen. Diese OIL-Typen sind einfach zu alt. Worauf habe ich mich nur eingelassen? Und warum? Um noch eine Band zu gründen? Ich habe mit meinen anderen Bands doch schon genug um die Ohren. Und die vielen Bands, mit denen ich täglich als Labelbetreiber beschäftigt bin.

Doch jede neue Band verspricht vermutlich das, was all die alten nicht gehalten haben. In erfolglosen Bands wird man irgendwann zur nervtötenden Küchenpsychologie genötigt. All die Fragen nach dem Warum. Aber das wird uns mit OIL nicht so schnell passieren. Wir haben schließlich den Moccameister Mosh dabei. Der spielt auch in der Küche am liebsten Bass.

14:30 Uhr, Gereon

Bevor ich in das Hauptquartier gehe, spaziere ich noch ein wenig den Feldweg hinter meinem Wohnwagen hinab. Wirklich eine einsame Gegend. Hier gibt es überall Stellen, von denen aus man in alle Richtungen keine Zivilisation erkennen kann. Keinen Strommast, keine Häuser oder Türme, nicht mal offensichtlich genutzte Felder. Nichts, niente, nada, iniesta. Das finde ich in Hamburg gar nicht und auch an der Ostsee selten.

Manchmal stelle ich mir vor, dass man die Sandkörner der Welt zählen könnte. Allen Sand der Welt, wirklich allen. Also den an den Stränden weltweit, den, der hier irgendwo auf dem Land auf den Wegen rumfliegt und auch den in den Städten zwischen den Bürgersteigritzen.

Einfach jedes Korn. Ich habe mir heute Morgen schon mal ein Korn in meine rechte Hosentasche gelegt. Auf dem Tischchen im Wagen hatte sich was angesammelt. Jetzt lasse ich meine Hand immer mal wieder in die Tasche gleiten und prüfe, ob es noch da ist. Jedes Mal ist es noch da.

Gerollt zwischen Daumen und Zeigefinger, kann man es prüfen. Und wieder zurücklegen. Meine Gedanken kreisen unaufhörlich um das Korn. Ist es Sand oder Salz? Nochmal angucken. Ja, eins von beiden. Wichtig wäre, dass man bei der Zählung von allem Sand genau ist.

14:55 Uhr, Rev

Mosh macht morgens die Eier und die kommen richtig gut an bei uns. Wenn er etwas kann, dann sind es Eier. Ich schätze, er hat es einst von Oma und Opa in Istanbul gelernt. Oma und Opa haben wahrscheinlich ständig gestritten, wie man es am besten macht mit den Eiern, und er hat sich die Essenz daraus zu eigen gemacht.

Irgendwann, er war noch ein Jugendlicher und seine Großeltern waren schon sehr alt, hatte er dann Eier für die beiden zubereitet. Ihre Verwunderung war so groß, dass sie seine Eier erst gar nicht essen wollten.

»Es kann nicht sein, dass der kleine Junge nun die Eier für uns macht. Nein, das darf nicht sein und geht nicht!« Opa wurde schrecklich wütend und wollte Kleinmoshis Eier in den Abfall werfen.

Als die beiden allerdings sahen, dass er blöderweise alle Eier aufgebraucht hatte, waren sie gezwungen, die von ihm zubereiteten widerwillig zu essen. Beide brachen dabei sofort in haltlose Tränen aus, wurde ihnen doch bewusst, dass sie ein Leben lang absolut mangelhaft und schlecht zubereitete Eier verspeist hatten. Und das nur, weil sie sich nicht einigen konnten und ständig darüber in Streit gerieten. Die Tränen von Moshs Opa gingen in ein erst freudiges, dann sehr stolzes Lachen über. Wahrscheinlich zerrte er Mosh auf die Straße und rief die ganze Nachbarschaft zusammen.

»Leute, hört, unser kleiner Moshi hat heute zum ersten Mal die Eier gemacht. Er ist jetzt ein Mann. Kommt alle heute Abend! Wir wollen das Eierfest feiern! Und unser Moshmann macht Euch die Eier fertig.«

Ja, so oder anders muss es gewesen sein, als Mosh zum Eierbrater der Güteklasse 1A wurde. Wie er wohl Bass spielt? Gott bewahre, hoffentlich hat er das nicht auch von Oma und Opa gelernt.

15 Uhr, Mosh

Die ersten Frühstückseier kamen schon mal gut an. Wie eine Rattenbande fielen die anderen darüber her und die letzten Moleküle des Olivenöl-Tomatenmark-Elixiers wurden gierig mit der Zunge aufgestreichelt. Eine Spatzenrasselbande sind wir noch nicht, diese sind ja meine Lieblingsfreunde, bei unserer Männergruppe hier müssen dafür aber erst noch einige Seelenfäden zusammenfinden.

Die Eierspeisen habe ich ebenso wie vor allem die perfekte Moccazubereitung übrigens von meiner Oma gelernt. Mütterlicherseits. Die Mutter meines Vaters habe ich leider nie kennengelernt, und es gibt auch leider nur wenige Geschichten von ihr, weil mein Vater noch ein Kind war, als sie starb. Die eindrucksvollste Geschichte war wohl diese: Mein Vater stammt aus einem Dorf in Ostanatolien und es war das Jahr 1937. Damals gab es in solchen Dörfern keinen Strom, kein Telefon und erst recht keine Automobile. Als meine Oma an Tuberkulose erkrankte, musste sie auf dem Bauch liegend auf einem Esel in das Krankenhaus in die nächste Stadt gebracht werden. Mein

Vater lief ihr als siebenjähriger Junge weinend hinterher, als er barfuß in einen langen rostigen Nagel trat. Jaulend fiel er auf die Erde und seine Mutter sprang hochfiebrig, eigentlich kraftlos, vom Esel herunter und zog mit ihren Zähnen den Nagel aus ihres Sohnes Fuße heraus und spuckte ihn auf die sandige Erde. Dann ging es sofort weiter ins Krankenhaus. Das war das letzte Mal, dass mein Vater sie lebend sah. Dies ist tatsächlich so passiert. Tja, das waren noch andere Zeiten. Welten.

So intensiv wünsche ich mir OIL, das ist jetzt anscheinend der Name der Band. Genau so muss unsere Musik klingen: schlicht, aber elementar und zusammengeklebt mit Blut, Rost und trockenem Sand. Sie muss einem das Gefühl geben, als öffne grobes Schmirgelpapier einem die Seele und entließe ihren Inhalt ins ewige Nichts. So oder auf eine ähnliche Art.

Zurück zu meiner Oma Semiha: Sie hat mich in einige ihrer Küchengeheimnisse eingeweiht, wofür ich ihr für immer dankbar sein werde. Und dafür, dass sie mir ihre unglaubliche Lebensgeschichte so oft erzählte, so dass sie jetzt auch in mir einen Ruheplatz gefunden hat. Aber diese zu erzählen, würde mindestens drei Romane von rund 800 Seiten füllen. Ein andermal.

Von all den Eierspeisen, die ich kenne, kam heute Menemen aufs Parkett. Tomatenmark in Olivenöl anbraten, dann türkische Spitzpaprika. Tomaten, Lauchzwiebeln, und, wenn man hat und mag, auch noch einige Sucukscheiben anbraten. Auch Knoblauch kann nicht schaden. Dem Ganzen die Eier unterrühren, Salz, Paprikapulver und, was einem an Gewürzen gerade einfällt, mit dazu und fertig ist Menemen. Da hat sicher jeder seine eigene Mischung. Mal sehen, was es morgen für Frühstückseier gibt.

16:30 Uhr, Maurice

Sind schon den zweiten Tag in diesem Kaff und haben noch keinen Ton aufgenommen. Noch nicht mal verkabelt. Stattdessen Alte-Männer-Nerdtalk. Wir diskutieren Meat Loafs Millionenseller »Bat Out of Hell«.

Rev, der rauchende Dickkopf, will partout nicht einsehen, dass Todd Rundgren das Album mitproduziert hat. Dabei steht das auf dem Cover! Im Rocklexikon. Bei Discogs. Und Wikipedia. Überall! Interessiert ihn alles nicht. Gereon spielt Rev einen Todd Rundgren-Song nach dem anderen vor: die von »Something/Anything?«, die von anderen Platten. Auf seinen lausigen Laptop-Lautsprechern. Gefallen Rev alle nicht. Haben so gar nichts mit Meat Loafs angeblichem Meisterwerk gemein. Wie denn auch, Rev? Das sind Solo-Werke.

Er dann: »Ich dachte, der sei Produzent?«

Ich: »Ja, nee und auch Musiker. Und hat sogar schon Patti Smith produziert.«

Er: »Die erste?«

Ich: »Nee, ihr ›Wave‹-Album!«

Rev geht wortlos raus zum Rauchen. Emma versucht, gute Laune zu verbreiten, und kläfft den Hütte gewordenen Wald an.

18 Uhr, Rev

Ich sitz, steh und rauche schon sehr lange vor der Tür – wegen Todd Rundgren. Im Hauptquartier läuft seit Stunden eben jener. Ich hab Angst, einen Virus oder Ähnliches davon zu bekommen. Maurice will mir weismachen, der hätte das »Bat Out Of Hell«-Album von Meat Loaf produziert. Ja, er steht natürlich als Co-Producer auf der Platte. Es wäre so einfach, den Beweis anzutreten, wenn man hier

Internet hätte: Ja, Todd Rundgren ist als Co-Producer genannt, aber das hat die Plattenfirma aus Promotionszwecken eingekauft. Der Mann war nachweislich genau einmal im Studio, um Promofotos zu machen. Das kann man selbst auf Wikipedia nachlesen.

Ich meine, jetzt mal unter uns Gebetsschwestern; Mauri ist doch Chef einer Plattenfirma – weiß er denn nicht, wie das läuft? Und das Gehör? Die vielen Meinungen von Patti Smith scheinen auch keine Rolle mehr zu spielen. Vielleicht hat dieser Todd Rundgren ja auch die zweite Nina Hagen-Platte produziert, und die Plattenfirma hatte nicht genug Geld, um die Promofotos und Credits von ihm zu bezahlen. So ist das unbekannt geblieben – halte ich soundmäßig jedoch für sehr wahrscheinlich.

20 Uhr, Gereon

Inzwischen hat zwei von uns voll der nerdige Männervirus Musikwissen erfasst. Maurice und Rev kriegen sich vor bratenden Kartoffeln in die Haare, ob ein Langhaariger einen Dicken produziert habe oder nicht. Egaler geht es nicht. Anstatt darüber zu diskutieren, was die Zeichen der Zeit sind, wie man etwas Neues erschaffen kann, was unsere zusammengewürfelte Gruppe für ein Ziel hat oder sowas. Für mich unerträglich behindernd in meiner Arbeit.

Überlege, die Gruppe wieder aufzulösen, wie Freddie Mercury es mit seiner Supergroup Nose, Teeth & Hair tat, die er mit Rod Stewart und Elton John gründen wollte, – aber sie eben vor ihrer Geburt auflöste, weil sie sich nicht auf die Reihenfolge der Worte, die sie sich als Reminiszenz an ihre prominentesten körperlichen Merkmale gaben, einigen konnten.

Doch worin sollte man OIL auflösen? Es dauert Jahrtausende, es herzustellen, es wird Jahrtausende dauern, es aufzulösen. Wir sind

OiL out of HeLL

Olive oil
Tomato
Tomaten Mark
Domates Salçası
HÜSKER DÜ
NEW DAY RISING

für immer aneinander geoilt. Eine fette Vorstellung. Sofort bin ich doch wieder für unsere Band und ignoriere die eifrig redenden Laberheinis.

Diesen Mosh ficht das alles nicht an. Stoisch brät er seine Kartoffeln in zuvor angeschwitztem Tomatenmark. Das scheint sein Trick zu sein, das merke ich schon nach wenigen Stunden: Erst immer Tomatenmark stark anbraten und so Farbe und Röstaromen herstellen. Von ihm kann ich mir viel abgucken. Von den anderen beiden kann ich mir nur abgucken, wie man es nicht macht. So sieht es aus. Gut, dass einer (ich) die Wahrheit sagt. Hunde und Betrunkene sagen die Wahrheit, sagt man. Ich würde ergänzen: Kinder und Gereon.

3. TAG

5:30 Uhr, Rev

Oh, es ist immer noch dunkel. Uha-Ugga. Ich könnte aufschreiben, wie es gestern noch weiterging. Aber wozu?

Als ich nach ungezählten Zigaretten zurück in das Hauptquartier ging, wurde immer noch über Musik und deren Protagonisten geredet. Also über Popmusik, um genauer zu sein. Oder Jazz oder so. Ich kenn mich da nicht aus. Meine letztgekaufte Platte war von Frankie Goes To Hollywood. Mir wird immer schwindelig, wenn so viele Namen durch den Raum huschen, und ich fühl mich schrecklich dumm dabei, weil ich die alle nicht kenne. Ja, Elvis Costello, Blixa Bargeld, Eminem, Andreas Dorau und Kenneth Willsborough – das hört sich alles ziemlich cool an. Aber mal kurz angefragt: Haben die auch so einen coolen Sound wie zum Beispiel den ihrer eigenen Namen?

Ich versuch oft, aktuelle Radiosender wie Radio 1 vom RBB zu hören, vor allem wegen der praktischen Baumarktwerbung. Wenn dann allerdings Musik kommt, muss ich immer ausmachen. Bei Muttern in Hamburg läuft NDR. Das beruhigt mich, wenn ich nach dem Aufstehen in die Küche komm und Mungo Jerry läuft. Ich bin gerne alt. Das Leben ist doch wie eine Chemieklausur, bei der man nach Dreiviertel der Zeit weiß, es ist jetzt scheißegal, was man noch tut; mehr als 'ne vier minus wird das nicht mehr. Wichtig scheint mir gerade einzig, den Moshmann bei Laune zu halten. Er ist nicht nur ein genialer Eiermann, sondern kann auch Mocca. Ob er den auch mit Tomatenmark zubereitet?

7:55 Uhr, Rev

War eben vor der Tür und bin sofort zurück in den Bauwagen – es qualmt wie Sau aus dem Hauptquartier. Es scheint gerade abzubrennen. Was soll ich jetzt tun? Ich leg mich am besten wieder hin und träum weiter vom Frühstück.

8 Uhr, Mosh

So ein Mist, jetzt habe ich die Sucuk vergessen. Ich wollte unbedingt noch ein Kilopaket mitnehmen, wegen den Eiern. Na ja, scheiße, sei's drum. Hauptsache, ich habe Mocca dabei.

Als wir gestern nach der Ankunft noch einkaufen waren, gab es in dem Supermarkt natürlich keinen Mocca. Das wäre so armselig lausig geworden ohne den Braunen. Sucuk hatten sie natürlich auch nicht. Aber Bier, Wein, Chips, Hackhans, Sellerie und Kartoffeln. Für Gereon gab es sogar Büchsenfleisch verschiedener Gattung. Also alles, was wir für Aufnahmen benötigen.

Es ist gerade mal hell geworden, und ich höre draußen schon Emma rumwetzen. Ob die anderen auch schon wach sind?

Leider haben wir noch nicht so viel hinbekommen. Musiker-Nerd-Klugscheißerei gab es schon kiloweise, da kommt mir jetzt zugute, dass ich sowas wie Spex, Musikexpress und den Rolling Stone nie gelesen habe, also muss ich nicht mitreden. Ich kann mich voll und ganz auf die kulinarischen Aspekte unserer Zusammenkunft konzentrieren. Ich steh mal auf und schaue, wie man die Bude hier warm bekommt.

Ok, ein Allesbrenner. Im Zwischenraum liegt Holz, alles klar. Das wird schon. Scheiße, wieso raucht das so krass? Sonst bekomme ich sowas doch auch besser hin. Hier ist irgendwie der Wurm drin.

Aha, Rev ist auch schon wach, und da hinten kommt Gereon mit Emma zur Hütte. Na, dann setze ich mal ein Kännchen Mocca auf. Mit Emma kann man sich sehr gut über alles unterhalten.

Vormittags, Gereon

Dieser Hund von Rev ist gleichzeitig gut wie schlecht. Seine Aufgabe ist es, Menschen von Menschen abzulenken. Das weiß er nicht, das weiß kaum einer. Aber es ist so: Kaum ist ein Hund in einer fein austarierten Männergruppe, gerät das Gleichgewicht ins Wanken. Alle achten nur noch darauf, wie man bei dem Hund wegkommt.

Ich finde das sehr ungut. Das hat natürlich nichts damit zu tun, dass Emma mich nur so mittel mag, darum geht es nicht! Die anderen jedoch buhlen die ganze Zeit um die Gunst des Bandhundes. Die ganze Zeit: »Emma, Emma, na du!« und so weiter. Anstatt sich mal mit unserer Aufgabe zu beschäftigen oder mit sich selber oder mit anderen Menschen (also uns). Ich sage: Der Hund spaltet. Er wird unser Untergang sein.

Schon jetzt hat sich Misstrauen, Eifersucht und Neid fest eingefressen in unser zartes Gefüge. Maurice zum Beispiel scheut sich nicht, Emma heimlich Käsereste runterfallen zu lassen, die ihn in Emmas Gunst ins siebte Himmelreich aufsteigen lassen. Dabei hat Rev, auf dem Papier der Besitzer des Tieres, genau das verboten. Mosh macht es ebenso frech, arbeitet aber noch subtiler. Seine Masche: rausgehen, Stöckchen werfen, und wenn Emma ihn wiederbringt, bei der Stöckchenübergabe kurz und schnell ein Stück Schinken ins Maul stecken. Das macht den Hund komplett abhängig, weiß man doch, wie die Gleichung Arbeit/Lohn bei Hunden cerebral vernetzt ist.

Rev selber, qua Geburt Hundebesitzer, arbeitet nach dem alten Prinzip Zuckerbrot und Peitsche. Komm her, geh weg. Als Hund hat

man es bei ihm gut. Als Katzenbesitzer wäre er vollkommen ungeeignet. Er will das Sagen haben, den Hut aufhaben, ist Macher und Bestimmer. Das kommt aus seiner Jugend. Alles kommt aus seiner Jugend. Sein beschränkter Musikgeschmack, sein Essensgeschmack, sein Stilgeschmack. Alles hat sich seit seiner Adoleszenz nicht mehr verändert. Und er ist stolz darauf, hält Blues für die Wiege der Menschheit und Wurzel von allem.

Für mich als ein stark an Neuentwicklungen interessierter Mensch eine schwierige Haltung. Tomatenmark wird immer die Essenz von Bratkartoffeln bleiben, das ist klar. Aber Blues? Als gäbe es keine Fröhlichkeit im Leben. Und Techno. Oder abstrakter Glitch-Rap.

Mittags, Maurice

Vor zwei Stunden hat Gereon eine Bolognese aufgesetzt. Er ist der Meinung, man müsse mindestens zwei Liter Rotwein darin verkochen lassen. Erst so werde aus einer deutschen Sauce eine original italienische Sugo und aus Nudeln Pasta. Dabei weiß doch jeder Hobbykoch, dass es für das Original-Bolognese-Rezept nur etwas Weißwein – eben keinen Rotwein – und einen Schuss Milch zu dem Hack, den passierten Tomaten, dem gedünsteten Gemüse und den Gewürzen braucht. Gereon hat es jedoch in einem YouTube-Tutorial genau anders gesehen. Und lässt sich da jetzt auch nicht mehr von »seinem« Rezept abbringen. Na ja, was soll's, ist doch schön, wenn er sich auch mal für OIL nützlich macht und uns was kocht. Können ja nicht die ganze Zeit nur Moshs Eier essen.

Frage: Gibt es eigentlich bei YouTube auch Tutorials für Bands über 50?! Also für Bands in Gründung ab 50?! So richtig mit Ambitionen? Oder dürfen die gleich zum Therapeuten?

Ich rede von Antworten auf brennende Fragen wie »Mit oder

ohne Nelke?« – »Nur Rind oder gemischtes Hack?« – »Mit oder ohne Speck?« auf unsere Band und ihren brutzeligen Sound gemünzt. Und wie war das noch? Den Speck nachher rausnehmen oder wird der mitgegessen?

Hart soll OIL klingen. Minimalistisch. Und kaputt. Wie geht das wohl zusammen? Und wann?

Die ganze Hütte von Bugmann riecht mittlerweile nach verkochtem Rotwein und nassem, angekokeltem Holz. Es übertüncht wenigstens den Geruch von zu fettem Supermarkt-Hack. Bin dafür, das Rauchverbot im Hauptquartier aufzulösen. Ach komm, Gereon! Gib doch bitte trotzdem eine Nelke in die Bolognese rein. Auch wenn Dein YouTube-Koch das alles ganz anders macht.

Ja, bald gibt's lecker Essen. Emma! Emma, hihi, ja, na du?

16 Uhr, Gereon

Wir sitzen rum, und jeder trinkt etwas anderes. Ich bleibe bei Bier, plane aber schon Gin Tonic. Die Situation ist für mich derart neu, dass ich mich wenigstens an mein normales Verhalten in Gruppen anlehnen möchte. Und bei mir besteht Verhalten aus Trinken von Bier oder Gin Tonic, ganz einfach.

Rev hat sich inzwischen fast vollends an seine Emma angeglichen, scheint mir. Er zeigt dieselben Verhaltensweisen. Emma wedelt mit dem Schwanz, wenn sie sich freut. Und sie knurrt, wenn sie sich ärgert. So ist auch Rev: Er knurrt, wenn er sich ärgert, und wedelt mit dem Schwanz, wenn er sich freut. Das weiß ich natürlich nicht so genau, weil Rev immer eine Art Kleidung trägt, aber ich werde diese These auf dieser Butterfahrt noch zu untermauern wissen.

Na, jedenfalls, ich wollte ja eigentlich über die ungute Rolle des Hundes berichten. Emma trägt bislang nichts zur Musik bei, beansprucht aber genauso viel Zeit wie jeder von uns. Aufmerksamkeit, Liebe, Nahrung – wir müssen alles durch fünf teilen, aber vielleicht ist nur für vier da?

Die anderen merken so etwas selbstverständlich nicht. So feinsinnig muss man erstmal sein, das kann nicht jeder: so in die Zukunft sehen wie ich. Ich sage, jetzt und hier: Der Hund wird nochmal ein Problem werden. Eine Band braucht keinen Hund. Der braucht die Band. So herum ist es wahr. Ein bisschen ist das wie mit Göttern und den Menschen. Die meisten Menschen denken, dass die Götter sie erschaffen haben. Dabei ist es umgekehrt: Die Menschen haben die Götter erschaffen. Auch wenn dieser Vergleich etwas hinkt, ist genug Wahres dran. Außerdem habe ich das aus einem Godard-Film.

Und jetzt gehe ich mit Emma spazieren, damit es kein anderer tut. So zwingt einem der Hund seinen Willen auf! Anstatt dass ich Lieder schreibe und mich nützlich mache, gehe ich raus, unterhalte mich in Rumpfsprech mit einem Tier und genieße den Tag. Ich hasse mich selbst.

17 Uhr, Gereon

Wann fängt die Band eigentlich mal an? Als ich mit dem Hund wiederkomme, ist immer noch nichts passiert. Keine Mikrofonierung, keine Instrumente ausgepackt, nichts getan. Wahrscheinlich ist das typisch für eine Band, doch ich habe ja keine Ahnung von einer Band. Ich war nie in einer, nur fast mal mit 17.

Die drei anderen sind alte Bandhasen, haben schon dutzende Bands gehabt, sie sind Musiker. Ich bin kein Musiker. Ich werde zwar eventuell irgendwann mal Saxofon spielen, das ist wohl vorgesehen, aber ich bin kein Musiker.

Ich bin Hörer. Ich höre gerne Musik, bin User. Mosh, Rev und

Maurice dagegen machen seit vielen Jahren Musik. Sind Produzenten von der Sache Musik. Veteranen der Töne, Kunsthersteller. Ich bewundere sie und beneide sie und verachte sie. Bewundere, weil ich es nicht kann. Beneide, weil ich es nicht kann. Und verachte, weil ich es nicht kann. Ich kann keine Musik machen. Ich habe ein sagenhaft schlechtes Rhythmusgefühl, singe windschief und schäme mich. Ich weiß immer nur, wie es nicht geht. Vielen Dank an die Herren Musiker für mein Minus-Gefühl.

Dass es uns jetzt zusammen erwischt hat, in einer Band zu spielen, ist absurd. Nur Gott will es so. Jetzt muss ich damit klarkommen. Mir graust jetzt schon vor der Musiker-Attitüde der drei, die sich bereits angekündigt hat in den bisherigen Diskussionen. Dieses Geschobere und Gemache und wichtige Profitum. Allein das Aufbauen der Instrumente, das Stimmen und das Darüberfachsimpeln und die dabei gedroppten Musikerwitze. Was macht ein arbeitsloser Drummer? Wie nennt man eine Reggaeband in Asien? Wie begrüßen sich zwei Trompeter im Wald? Warum wird ein Bassist im Tunnel immer schneller? Solche Gags – ätzend. Merkste selber. Und da rede ich noch gar nicht von dem richtigen Proficheckertumspeech über Akkorde und Harmonien und Steely Dan.

Und was ist jetzt? Genau, sagte ich ja: Nichts ist aufgebaut, obwohl ich eine Stunde weg war. Nichts! Rev raucht im Garten, Maurice telefoniert hinten in seinem Raum. Mosh hantiert in der Küche rum. Wir sind hier zum Musikmachen, extra hingefahren und extra eingemietet und haben uns extra eingedeckt mit Nahrung und uns extra fünf Tage frei genommen. Und was tun die Herren? Nichts.

Ich selber kann ja kaum was machen. Ich kann nur warten und mir einen Text ausdenken. Hab mein Saxofon übrigens gar nicht dabei. Habe es vergessen. Wie der Hamburger Untergrundmusiker Kristof Schreuf. Der hatte in München einen Auftritt, fuhr mit dem Zug und seinem Gitarrenkoffer aus Hamburg sechs Stunden hin. Auf der

Bühne öffnete er seinen Koffer und stellte fest, dass der leer war. Hatte er nicht bemerkt, dass die Gitarre nicht drin war. Bezeichnend und eventuell doof an besagtem Abend für ihn, aber ich bewundere diese Lässigkeit, sich so wenig mit den lästigen Umständen von Musikmachen auseinanderzusetzen. Das Prinzip habe ich kopiert, mal sehen, ob die anderen so cool im Nehmen sind, wie sie immer vorgeben zu sein als Musikus.

Ich hole mal meine Unterlagen, damit hier irgendwas passiert.

Abends, Maurice

Gereon hat nur eine einzige Textidee mit nach Heidmoor gebracht: »Alles Muttis außer Nutten (The Finest in Masturbation).« Da ist musikalisch selbstredend Vieles vorstellbar. Von Schlager über Punkrock bis Hip-Hop. Wobei ich mir eine Ü50-Hip-Hop-Gang namens OIL zwar irgendwie witzig vorstelle, uns aber auf dem Popmarkt in Deutschland damit null Chancen ausrechne. Welcher Jugendliche will schon seine Eltern über Masturbation rappen hören? Ein schwieriges Marktsegment. Also vermutlich gar keins. Und Punkrock? Punkrock ist der Bluesrock unserer Zeit.

Das dürfte Rev eigentlich entgegenkommen, wobei: Der liebt Rock 'n' Roll durch und durch, soweit ich ihn allerdings bisher verstanden habe, hasst er alles, was mit Punk zu tun hat. War ihm schon immer viel zu aufgesetzt. Vor allem zu schlecht gespielt.

Wir beide hatten uns irgendwann bei einem gemütlichen DVD-Abend in Berlin unter OIL eher so eine Art Pubrock-Band im Sinne von Dr. Feelgood vorgestellt. Wegen »Oil City Confidential«, dem Film über Dr. Feelgood. Danach haben wir die hervorragende Ginger-Baker-Doku »Beware of Mr. Baker« geschaut. Emma war auch mit dabei.

Gereon ist vor allem großer Reggae-Fan. Das waren The Clash auch. Ach, keine Ahnung. Ich gehe jetzt pennen. Wird schon alles.

Abends, Gereon

Ich bin überrascht. Die Bandmitglieder sind doch nicht so sozial unkompatibel und ungenau fokussiert auf unser Ziel, wie ich dachte. Plötzlich ist ein kleines Aufnahmeset auf dem Küchentisch aufgebaut. Mikro, eine uralte Drum-Machine, die angeblich bereits auf der ersten Depeche Mode Verwendung fand, Kabelkram, alles in den Laptop von Rev rein, dazu Gitarre und Bass. Für mich sieht das so aus, wie das aussehen muss, wenn man Demo-Aufnahmen machen will. Also genau richtig für OIL.

Da außer mir offenbar niemand etwas vorbereitet hat, schlage ich einen Text von mir vor, den ich mal in einer Nacht, als mir YouPorn auf den Wecker ging, verfasst habe: »The Finest in Masturbation.«

high top rated, mostly viewed,
bang-a-gang, extremer tube,
klick doch hier, ficke täglich,
barely legal, pervers fertig.
gratismänner, schlampen dating,
popo swallow, secret spanking,
next door milfs, free viagra,
biggest ass, fevagina.
ex-revenges in all holes,
casting couch, king of hoes.

Das rollt schon mal gut los. Ein Schein-Rap. Habe ihn mit dem sehr schönen Subtitel »Alles Muttis außer Nutten« garniert. Den habe ich von Kollege Tex geklaut, das hat er mal auf Tour gesagt. Hoffentlich massiert er mir für diesen Rip-off nicht später mal seine Wut ins Gemächt.

Da ich – ich sagte es – kein Musiker bin, der sich was Neues ausdenken kann, muss ich auf Standards zurückgreifen und phrasiere den Text wie in diesem Militärchor aus »Full Metal Jacket«. Dadadadadadada, dadadadadadada: »I love working for uncle Sam / Let's me know just who I am.« Den anderen gefällt es erstaunlicherweise, oder sie tun so als ob. Mein Gesang sitzt also. Ein schleppender Basslauf kommt von Mosh dazu, und später wird noch ein Offbeat reingemogelt. Dann sage ich Maurice noch, dass er seinen 8-Töne-Keyboard-Lauf einfach andersrum spielen sollte, was er auch macht.

In Bratkartoffellänge (inkl. Schälen und geduldigem Anbraten) ist also unser erster Song fertig. Über das Wort »fertig« muss man sich und wird man sich noch lange unterhalten, aber trotzdem: Der erste OIL-Song ist eine Geburt, wie ich sie noch nie erlebte. Ein Gefühl sagenhaften Glückes durchströmt mich. Der Tod ist ein kleiner Preis für den Himmel!

Für die anderen scheint das normal, sie haben bereits 3000 Songs gemacht, doch für mich ist es ein Ereignis, das ich mit frühem Zubettgehen quittiere. Es scheint doch die richtige Entscheidung gewesen zu sein, diese Band zu gründen. Hoffentlich sind der Song und die Instrumente und die Band morgen noch da.

THE
FINEST
IN
MASTURBATION

Ich liege wieder in meinem Bauwagen. Zum Abendessen gab es etwas, das die anderen Bolognese genannt haben. Es sah nicht so gut aus, hat dafür aber ganz gut geschmeckt. Etwas merkwürdig finde ich, dass die anderen denken, wir würden uns zum ersten Mal treffen. Ich meine, mich an ein anderes erstes Mal erinnern zu können. Ich kriege ja gerne etwas durcheinander. Das Alter.

Dieser Gedanke und der, dass die Mehrheit wohl recht hat, könnten mich beruhigen. Die große Irritation allerdings liegt in einem Ordner auf meinen Computerdesktop. Er nennt sich OIL. Ich habe vorhin heimlich reingeschaut und darin sind tatsächlich drei ganze Stücke unserer kleinen Band angelegt. Ich hab den Deckel sofort zugemacht.

Wo kommen die her? Sprech ich das an und wenn, wie? Hoffentlich kann ich schlafen. Ich rauch lieber noch eine Schachtel zur Sicherheit. Also aufstehen und rausgehen. Emma kommt mit – wie fast immer.

Wir stehen unter den Sternen und warten auf die Wölfe, wenn es denn welche sind. Es ist ruhig und schön wie nie in der Stadt. Ich müsste hier überhaupt nichts aufnehmen. Das kann man jedoch Gereon nicht antun, es ist schließlich seine erste Band, die wir für ihn gegründet haben.

Zum Glück ist er kein Musiker. Ich habe mein Leben zwangsläufig unter Musikern verbracht. Schrecklich. Musiker sind in der Regel eifersüchtige und boshafte Kretins, die sich unglaublich viel auf ihr vermeintliches Talent einbilden und dabei ständig darauf schielen, ob ein Kollege eventuell mehr davon besitzt.

Musik ist die Königin der Künste; Böse Menschen haben keine Lieder – alles typische Musikverklärung. Wenn ich daran denke, muss ich sofort an das Horst-Wessel-Lied denken. Die meisten Menschen wissen nicht, dass Musik und Rhythmus aus der Organisation von

Kriegsgeheul und Trommel hervorgingen. Musik ist Hass, und darum hassen sich Musiker untereinander.

Menschen wollen das nicht wissen, weil Menschen denken, Menschen wären etwas Gutes. Das denken sie allerdings nur, weil sie selber Menschen sind, und die Kinder, die Menschen miteinander kriegen, auch Menschen sind usw. usw. usw. Nur darum lieben Menschen Musik, weil sie meinen, irgendwie ihre Kinder lieben zu müssen.

Nachts, Gereon

In meinem Wohnwagen gibt es Käfer, das klassisch kafkaeske Paranoia-Tier. Ist natürlich normal, dass hier in dieser rollenden Holzbude Insekten drin sind, wir sind ja auf dem Land. Hoffentlich sind es keine Berlin-Käfer. Die hatte ich mal, die bekommt man nur schwer weg. Ziemlich kleine, ziemlich bewegungsfaule Tiere. Berlin-Käfer nennt man sie, weil sie damals im Berlin der 20er Jahre überall waren. In den Teppichen, den Vorhängen, den Casinos. Ich dachte, die wären ausgestorben, vielleicht gibt sie es doch noch. Und wir sind ja in der Nähe von einem Berlin! Vielleicht muss ich mit dem Rauchen anfangen, damit sie sterben.

on-off
BERLIN 1920
Das Schloss
Die Verwandlung

4. TAG

7 Uhr, Maurice

Als Songschreiber im 21. Jahrhundert brauchst du eine gehörige Portion Ignoranz. Jede erdenkliche Akkordverbindung auf jedem Instrument zu jedem erdenklichen Rhythmus war im Prinzip ja schon tausendmal da. Es gilt trotzdem bei jedem Einfall für eine Melodie so zu tun, als befinde man sich auf einer Jungfernfahrt auf der MS Harmonie: La, la, la! Hier kommt euer sagenhafter Schöpfer. Und alle Engel stimmen im Chor mit ein.

Das, was wir hier mit OIL versuchen, praktizieren große Musik-Verlage mit ihren großen Stars im Prinzip genauso und nennen es abenteuerlich »Songwritercamps«. Put me in a room with talent, wie sie in der Muttersprache des Pop zu sagen pflegen. Texter, Komponisten und Produzenten werden für ein paar Tage mit dem Star in ein abgeschiedenes Haus gesperrt, um neues Songmaterial zu schreiben. Für jeden der im Raum anwesenden Söldner bedeutet das Camp eine Art Hitlotterie. Am Ende bestimmt nämlich allein die Plattenfirma, welcher Song fertig produziert wird und auf dem Album landet – und welcher nicht. So wird jede Idee des anderen mit Widerwillen aufgenommen und mit Liebe zum Kapital weiterverarbeitet. Echtes Teamwork.

Bei OIL ist allein die Band der Star, auch wenn wir noch gar keine richtige Band sind. Wir sind eine viel zu späte Herrengroup. Vom Schicksal gecasted. Tatsächlich wollen wir sogar eine echte Band werden. Denn so eine Band gibt dir Halt im Leben. Selbst wenn du auf einer kleinen Clubbühne von nur 30 Versprengten bejubelt wirst. In welchem Job sonst wirst du, in, sagen wir, Nürnberg an einem Mittwochabend, von 30 Wildfremden bejubelt?

Fans sind Menschen zweiter Klasse, hat mal wer gesagt. Ich war immer gerne Macher, genauso gern auch immer Fan. Versuche in den nächsten Tagen vor allem ein Fan von OIL zu sein. Als Band musst du unbedingt Fan deiner eigenen Musik sein.

So lange, bis im Erfolgsfall eines Tages die Anwälte kommen. Und die Band wieder in all ihre Einzelteile zerlegen. Dann wirst du die Band hassen. So lange, bis dir klar wird, dass ein Revival finanziell unvermeidbar ist.

Na ja, hier auf dem Land ist es erstmal ganz schön.

7 Uhr, Rev

Man schläft besser auf dem Land und wacht dementsprechend besser auf. Das war bei mir schon immer so. Auf dem Land kann ich dem Tag freudig entgegensehen. In der Stadt nie, wo das Aufstehen mir eine echte Qual ist.

Auch Emma geht es so. Sie leckt mir das Gesicht, weil sie es nicht abwarten kann, aus dem Bauwagen auf die Wiesen und Felder zu springen, und sie freut sich sicher auch auf die drei Jungs. Hundedamen mögen es, eine Art Harem zu haben. Vier Typen für sie ganz allein. Und das Haus ist so abgeschieden, dass garantiert kein anderer Besuch kommt. Also zum Beispiel die Freundinnen der Mitmusiker, womöglich noch mit Kindern – da steht Emma nicht so drauf. Und ist das Tier glücklich, ist es auch der Mensch. Dafür war sie dann auch völlig brav beim Aufnehmen. Sie kennt das ja, weil sie ein Musikerhund ist.

Das erste Aufnehmen ging erleichternd schnell. Rhythmus ohne Diskussion, Bass ohne Diskussion, Keyboard ohne Diskussion, Gitarre ohne Diskussion, Gesang: First Take! Wenn das anhalten könnte, wäre es ein Traum, der vielleicht zu schön ist, um wahr zu werden: eine Band ohne große Diskussionen, eine Band der schnellen Entscheidungen. Abgehangen genug, um auf Unnötiges zu verzichten, und dabei frisch genug, um wie eine Quelle zu sprudeln.

Das Schlimmste in der Musik sind Ideen und Vorstellungen, über die geredet werden muss und die nachkonstruiert werden müssen. Lieber einfach loslegen und darauf vertrauen, dass es gut wird. Da bin ich, wie in den meisten Dingen, sehr altmodisch. So altmodisch, dass ich es den anderen niemals sagen dürfte, denn Gereon zum Beispiel kriegt Depressionen davon. Ich selbst auch.

Allein, ich kann es nicht ändern. Ich hatte so mit 16/17 schon alles erreicht, was ich mir bis dahin erträumt hatte. Ich wollte im Hamburger Onkel Pö zum Midnight Special Samstagnacht auf der Bühne stehen. Dort, wo sich Weltstars die Klinke in die Hand gaben. Und ich stand schnell im Hamburger Onkel Pö zum Midnight Special Samstagnacht auf der Bühne. Danach begann ein unaufhaltsamer Abstieg.

Müdigkeit und ein Blick schwer wie Blei, vielleicht weil ich schon zu viel Autoabgase eingeatmet hatte – ein Stadtkindproblem. Neues irritiert mich und gefällt mir meistens nicht. Es gibt ja schon alles, darum versteh ich nicht im Geringsten, warum es überhaupt etwas Neues geben soll. Damit das Leben weitergeht?

Das tut es auch, wenn alles gleich bleibt. Zum Beispiel wurde mein Aldi-Markt neulich umgestylt, und ich hab nichts mehr gefunden. Veränderung als Chance begreifen – dabei muss ich an Hiroshima denken. Apropos Supermarkt: Heute gibt es ein weiteres OIL-Highlight. Wir gehen gemeinsam einkaufen. Das ist Band-Spaß. Alle freuen sich über die gemeinsam ausgesuchten Produkte und auf das gemeinsame Verzehren. Jeder darf haben, was er möchte – toll. Heute ist Wintergrillen geplant, so wie es nicht mehr junge Männer eben gerne tun. Jeder von OIL kann gut kochen. Ich meine, das ist eigentlich sowas von ätzend: vier Männer auf dem Land, die sich gegenseitig gut bekochen. Ich muss kotzen bei der Vorstellung. Aber wenn man selbst davon betroffen ist, schmeckt es gut und macht Laune.

12:30 Uhr, Gereon

Ich setze mich an die Setzlinge. Bugmann hat neben dem Haus irgendwas gepflanzt, das Gesprossene ist noch so zart, dass man nicht erkennen kann, was das mal werden soll. Die Samen scheinen Glück zu haben, das Wetter ist im Moment an Milde nicht zu übertreffen. Diese Landatmosphäre macht etwas mit mir. Das Gefüge Welt scheint eventuell doch eine Zukunft zu haben. In der Stadt sieht man eigentlich immer nur Enden, hier aber auch mal Anfänge.

Außerdem nimmt man natürlich die Natur intensiver wahr. Jetzt scheint die Sonne, obwohl es bewölkt ist. Man denkt ja meistens, die Sonne scheint, wenn sie ohne Wolken scheint, wenn man sie also sieht. Dabei scheint sie immer. Ununterbrochen! Das wissen zwar die meisten, doch sie vergessen es immer. Vielleicht ist das die vergessenste Sache der Welt. Dass die Sonne immer scheint und strahlt und brennt. Die Sonne macht immer alles korrekt, auch wenn hier nicht immer ihre ganze Kraft ankommt. Dafür kann sie ja nichts. Sie hat ihren Job zum Beruf gemacht. Wir sind die Blöden, die denken, dass sie manchmal faulenzt. Aber das stimmt nicht.

21 Uhr, Maurice

Keiner von den OILern hat an meinen Geburtstag gedacht. Warum auch? So gut kennen wir uns ja nicht. Hab mir nix anmerken lassen.

Was mir inzwischen aber aufgefallen ist: Gereon steckt sich sämtliche Aufzeichnungen, sämtliches Papiergekritzel von Mosh und sogar leere Lebensmittelverpackungen ein. Ein typischer Pop-Messi mit einer 5000er Vinyl-Sammlung. Jetzt kann er Devotionalien seiner eigenen Band aus einer Albumproduktion einsammeln. Für ihn eine vollkommen neue Situation. Er kommt aus der Sabber-Sammler-Nummer einfach nicht raus. Ja, was das alles mal wert sein wird.

Aber wie sangen Can einst so schön auf ihrem zu Unrecht vergessenen Album »Landed«: »Hunters and collectors never see the light.«

Und obwohl er so ein leidenschaftlicher Sammler ist, wehrt sich Gereon gegen das Zelebrieren eines Schallplattensammlergedenktags: dem Record Store Day. Weil der Handel seine Sucht kommerziell ausschlachten will. Und noch mehr Menschen dazu motiviert, Schallplatten zu sammeln. Und darum den Markt mit absoluten Schrottscheiben überflutet.

Die Industrie hat jetzt eine globale Bewegung daraus gemacht. Aber richtige Sammler wollen lieber allein sein mit ihrer Beute. Alles muss von einem sagenhaften Mythos aus der Vergangenheit umwoben sein. Von toten Menschen. Oder geistig verwirrten. Und die geheimnisvollen Quellen der Sammler, ihre Tore zur Vergangenheit, all das soll natürlich geheim bleiben. Andere Sammler sind Konkurrenten und auf gar keinen Fall Freunde.

»Record Collectors Are Pretentious Assholes«, so nannte die Hardcore-Band Poison Ivy einst eine EP. Ach, nee, die hießen gar nicht Poison Ivy, so heißt die Gitarristin der Cramps, die Band hieß Poison Idea. Solche Verwechslungen passieren einem vermutlich nicht, wenn man all diese Platten zuhause im Regal stehen hat. So wie Gereon.

5. TAG

Uhrzeit egal, Gereon

Wie ein angeknackstes Ei wache ich auf. Ich lausche und höre in mich hinein. Haben wir wirklich gestern schon unseren zweiten Song aufgenommen? Sind wir damit eine Band? Es ist nichts zu hören. Wahrscheinlich pennen die anderen noch. Das sind richtige Musiker: gehen spät ins Bett und ratzen bis in die Puppen. Bin neidisch, ich kann nie lang schlafen.

Ich habe mir diese Freiheit abtrainiert. Abtrainieren lassen vom bürgerlichen Leben. Für mich ist meine Schallplattensammlung ein einziges Tor zur Freiheit. Meine Schallplattensammlung besteht aus 5581 Vinylen. Ausgesuchten, wohlfeil selektierten 5581! Obwohl ich auch CDs hab (hunderte), zähle ich sie als Traditionalist, der ich in dieser kleinen Frage ausnahmsweise bin, nicht mit. Meine Sammlung ist natürlich die beste in ganz Hamburg. Hat selbst Maurice gesagt, als er neulich mal bei mir war.

Hier bin ich König mit unendlicher Macht. Ich habe ein Werk geschaffen, das es zum einen auf der Welt in seiner Gänze und Zusammenstellung nicht nochmals gibt, zum anderen enthält es auch haufenweise Unikate, von denen niemand außer mir weiß, dass es Unikate sind!

Ein Beispiel: In einer amerikanischen Pressung steckt die Platte in einer bedruckten Innenhülle, die europäische Ausgabe hat dagegen ein dickeres Coverpapier. Ich fusioniere dies, weil ich beide Ausgaben habe, und verkaufe den Restehybrid (ohne schönes Inlay mit dünnem Cover) einfach. Nun steht bei mir eine verbesserte, eine perfekte Ausgabe. Wann wird das jemand nach meinem Tod merken? Ich bin jetzt schon gespannt und freue mich über das schöne Rätsel, das ich einem Menschen aufgebe. Ich habe das sogar schon mit Nachpressungen gemacht, unter den Vinylspießern ein absolutes No Go. Aber die haben auch keinen Sinn für Sinne, ich dagegen bin Ästhet und Verfeinerer. Außerdem besteht darin für mich Freiheit. So wie jetzt in diesem herrlichen Bandleben, das mich inzwischen komplett begeistert. Ich kann hier tun und lassen, was ich will. Was für eine gute Band sind wir!

Ich schleiche in die Küche und mache mir Kaffee. Der schönste Moment des Tages: Das Zurückweichen des Knarzes, der heiße Dampf dringt in die Nase und löst im Gespann mit dem getrunkenen Koffein knacksend die Zähigkeit im Kopf. Herrlich.

Alle Instrumente stehen noch da, erweitert um noch mehr leergetrunkene Bierflaschen und normaler Bis-in-die-Nacht-Zusammensitz-Teile: Stummel, vollgekritzelte Papiere, Korken, Espressotassen, Chipsreste, Teller mit Krümeln und so weiter. Ist also alles wahr, die Band gibt es.

Warum wir sie OIL genannt haben? Warum nicht. Weil wir es können. Weil wir uns einig sind, dass OIL sitzt. Wir sind wohl alle Fracking-Fans, kam gestern im Gespräch heraus. Das hat mit Öl zwar nur peripher zu tun, passt aber. Die Erde pressen, dreckig werden, mit Druck arbeiten. Ich denke, wir werden heute einen Song darüber machen. »Frack yourself« oder so ähnlich. Ich schreib nachher mal los.

Kaffee, Öl, Brackwasser, heiße Flüssigkeiten – das sind alles Sachen, die diese Band interessieren. Das muss thematisiert werden. Diese Band wird sich immer selbst thematisieren. Musikalisch und textlich.

Mir fällt auf, dass es erst 7 Uhr ist. Absurde Zeit. Ich bin wohl ein geborener Hundebesitzer. Im Gegensatz zum wirklichen Hundebesitzer Rev, den man der Legende nach erst mittags sieht. Was macht sein Hund bis dahin? Wahrscheinlich onanieren. Darüber sollte man mal einen Song machen.

Mann, hab ich einen Mist geträumt. So einen realistischen Peinlichkeitstraum, wo man nach dem Aufwachen das ganze Gefühl der Peinlichkeit noch stundenlang mit sich rumträgt: Maurice hatte Geburtstag. Gereon, Mosh und ich hatten in Berlin richtig schöne Geburtstagsgeschenke besorgt und auch die von seiner Familie und dem Staatsakt-Büro sollte ich hierher mitnehmen, damit er sie heute kriegt. Ich hab sie dann aber beim Einladen ins Auto vergessen. Nicht oben in der Wohnung – nein, ich hatte mit den Tüten die Haustür blockiert, um die Instrumente ungestört reinzulegen und bin dann einfach losgefahren. Also typisch. Wenn beim Einladen etwas Nicht-Gewohntes dabei ist, vergisst man es eben, weil alles Gewohnte ja schon an Bord ist. Das passiert jedes Jahr, wenn im Sommerurlaub Eltern ihre Kinder auf Raststätten vergessen. Nur die werden meist wiedergefunden. Geschenktüten auf Berliner Straßen sind dagegen in der Regel weg – trotz Anruf beim Nachbarn.

Im Traum komm ich also morgens ins Hauptquartier, und Gereon schaut mich fragend an. Ich tu so, als als ob ich überhaupt nicht wüsste, was los sei, obwohl ich weiß, was los ist. Es ist unerträglich, und ich fühl mich nur sicher, solange Maurice in meiner Gegenwart ist und Gereon und Mosh mir nicht die mein Ich-zerstörende Frage stellen können: Hast du die Geschenke?

Ich geh noch nicht mal nach dem Kaffee eine rauchen und mach stattdessen blöde, ungelenke Witze, die keiner hören will. Maurice geht in sein Zimmer, und ich stell mich in den Türrahmen und versuche, über irgendwas zu reden. Er kramt ein Handtuch und seinen Kulturbeutel hervor und meint unbeschwert: »Ich geh mal duschen, Leute!«

Ich geh einfach mit ins Bad und frag, ob es ihn stört, wenn ich derweil meine Zähne putze. Es könnte ja theoretisch sein, dass ich ein völlig distanzloser Mensch bin, könnte doch angehen, oder? Wir waren schließlich noch nie zusammen in einer Unterkunft. Ich drücke mir Zahnpasta auf den rechten Zeigefinger und fang an, Putzbewegungen und Geräusche zu machen. Maurice druckst rum: »Äh, Rev, ich würde vorm Duschen ganz gerne mal richtig auf die Toilette.«

Ich sag, dass mich das überhaupt nicht stört – und wache auf. Mit so einem belämmerten Gefühl wie nur was!

Als ich mich endlich traue, mit Emma rüberzugehen, versuche ich die Peinlichkeit loszuwerden und mich darüber zu freuen, dass es nur ein doofer Traum war. Doch dann fällt mir ein, dass ich das schon mal dachte und total erleichtert war, nur saublöd geträumt zu haben. Aber genau das war damals der Irrtum. Ich hatte die Peinlichkeit damals eben nicht nur geträumt. Ob die anderen drei hier auch so viel träumen? Oder gar nicht träumen?

Irgendwann mittags, Maurice

Jeder von uns OILern träumt davon, etwas wahnsinnig Unkommerzielles zu schaffen und damit wahnsinnig erfolgreich zu werden.

Am besten erzählt das eigene Werk vom großen Außenseiter- und Losertum, vordergründig vollkommen unambitioniert und dann, zack über Nacht: der große kommerzielle Durchbruch. Preise, Anerkennung, Schuldenfreiheit.

Nun, was diese Idee angeht, hat unser erster Song die allerbesten Startvoraussetzungen. Er klingt schön schrullig und extrem selbstbewusst. So als hätte Lee Scratch Perry in den 80er Jahren eine Deutschrockband produziert. Deutschrock der guten Sorte. Sagen wir Zeltinger. Oder Interzone. Aber mit Sprechgesang. Willkommen in der Welt, in der die Vergleiche hinken. Eine Idee von New Wave für eine

Welt der alten Missverständnisse. Wir halten die Widersprüche nicht nur aus, nein, wir schaffen täglich neue: This is OIL!

Ob ich noch ein Tässchen Mocca mag? Ich denke doch. Und hast Du nochmal Feuer, Mosh?

Ebenfalls mittags, Mosh

Ob ich Feuer habe, klar. Feuer, Tabak, Gras: die heiligen Drei. Aber auch Sucuk, Tomatenmark und Mocca – auch drei, auch heilig.

Ich bin mir nicht sicher, aber ich glaube, Maurice hatte gestern Geburtstag. Er hat nichts erwähnt. Kann ich verstehen, er wollte wohl keine Ü50-Party feiern. Sicherlich träumt er sich schon nach Hause, wo er dann wieder mit Gleichaltrigen spielen kann. Doch nun sind wir schon mal hier und müssen das Beste daraus machen.

Gestern haben wir unser erstes Lied aufgenommen, und ich denke, wir finden so langsam zusammen. Wir nehmen mit Revs Rechner auf. Damit nimmt er die Rolle des Tonmeisters, Aufnahmeleiters und auch ein wenig des Produzenten ein.

Ich stöpsele den Bass und frohlocke in die Soundkarte rein. Dann singt einer von uns den Text. Auch wird schnell entschieden, wer es machen soll. Alles gleitet ineinander, ganz zart und unaufgeregt. Wir verbinden uns alle im Sein und Haben.

So ruhig Rev die Sache ansonsten angeht, habe ich zwischendurch doch das Gefühl, er wäre jetzt vielleicht lieber auf seinem Boot und würde nackt Richtung Dänemark segeln. Obwohl wir aus fast gleicher Zeit stammen, haben wir unterschiedliche Musikgeschmäcker. Das kann nur nützen, um einen eigenen selbstständigen Stil zu erschaffen. Selbst, wenn es alles schon mal gab, dann allerdings nicht in dieser Zusammensetzung! Man kann ja auch mit den immer ähnlichen Zutaten neue eigene Gerichte zaubern, es geht um die Mischung der

Gewürze, und man muss einfach die Nase in den Topf stecken und herausriechen, was noch fehlt. Komisch, ich hatte gestern noch einige Skizzen gezeichnet und rumliegen lassen. Die sind jetzt alle verschwunden. Sind wohl im Müll gelandet, was soll's. Mache ich halt neue.

14 Uhr, Gereon

Hoffentlich gibt's bald essen. Das ständige Warten zwischen den Mahlzeiten macht mir so einen Hunger! Am besten wäre, es gäbe immer Essen. Sicher bringe ich die Gruppe dahin, auch so zu denken. Dass immer was da ist. Musik ist ja ebenfalls immer da. Wasser auch, Steine auch, Öl auch. Eben! Da sieht man es mal wieder: Das Wichtige ist immer da! Vor lauter Hunger kann ich zwar nicht richtig denken, aber der ist auch immer da, der Hunger, also ist er wichtig. Sag ich ja. Hoffentlich gibt's bald Essen.

Irgendwann am Tag, Gereon

Guten Tag, gute Nacht. Ich habe völlig den Überblick verloren, wie spät es ist. Anscheinend haben alle ein unterschiedliches Zeitempfinden. Rev denkt morgens, es ist abends. Scheint eine Art Stammesältestenrecht zu sein. Kann man machen, halte ich jedoch gesellschaftssanitär für schwierig.

Maurice hat offenbar immer nachmittags auf der Uhr: ausgeglichen, selbes Tempo, gleicher Aggregatzustand. Ein Mann ohne schwere Löcher im Alltag. Manchmal pennt er im Stehen weg und ist wach im Liegen – bizarr, um nicht zu sagen: beängstigend. Die Frage nach seinem Menschsein sollte erlaubt sein.

Mosh hingegen denkt nur in Bass und Gewürz. Also ausgleichend, behebend, die Kohlen aus dem Feuer holend oder a Not, je nach Bedarf. Er gibt Speed, wann es nöt auch, wann es nötig ist. Wie ein guter Basslauf, wie

Alles okay, alles richtig, alles von mir aus. Heißt drei sind in ihrer Idiosynkrasie so sehr mit sich b mir sehr wenig Halt bieten. Mir, dem bedürftigen talen, aber noch unerfahrenen Knospe in der Band. Ich eumele ziemlich rum, hätte gern mehr Struktur. Das anscheinend ist mit OIL nicht zu machen.

Darüber hinaus befriedigt die Arbeit schon. Ich bin es durch meine langjährigen Chefpositionen ja gewöhnt, die Leitung zu übernehmen, und tue es gleich vom Motorstart an. Ich halte das Standgas dieses fragilen, sich selbst gerade erst gefundenen Bandgefüges sensibel hoch. Gleich der erste Song – mein Song – war ja ein durchschlagender Erfolg und gilt intern schon als erste Single.

Als Zweites nehmen wir uns eine alte Idee vor, die eine andere bekannte Band nicht wollte, für die Maurice und ich mal was machten. Unsere Haltung: OIL vermögen auch aus dem Most (=Abfall) von anderen noch eine schöne Gallone Urin rauszupressen! Diese Metapher stimmt zwar nicht, aber jeder weiß sofort, was gemeint ist.

Also der neue Song: Er soll so eine Art »Sabine Sabine Sabine« werden, das war von der Gruppe Trio. Bei denen ein erbärmlicher Mannes-Monolog am Telefon, in dem einer seine Freundin oder Ex-Freundin am Hörer hat und sich ziemlich zum servilen Horst macht.

Bei uns aber mit vier Typen, nicht einem! Vier Männern, die mit ihren Frauen telefonieren – und denen man schon an der Tonlage anhört, dass sie mit ihren Frauen telefonieren.

Das fiel mir zuerst vor ca. 30 Jahren auf und hat sich seitdem nicht geändert, auch nicht in coolsten Kreisen. Typen jeder Coleur rutschen mit ihrer Stimme umgehend ein paar Oechsle nach oben, sobald ihre Beziehung dran ist. Sehr peinlich. Als hätten sie was zu verbergen.

ıe auch immer: Sie denken an Sex mit der schönen Busfahrerin, ːn an Sex mit der schönen Bedienung, denken an Sex mit Schnee- ıttchen und den sieben Zwergen. Das merkt man. Also frau.

Alle OILers wissen sofort, was gemeint ist, und wollen improvisieren. Wir lassen uns also zum Schein anrufen und nehmen unsere schwächlichen ausweichenden Antworten auf. Wo wir sind, warum wir noch nicht können, wann wir nach Hause kommen. Dazu eine Art Shuffle oder so, ich kenn mich ja mit Musikrichtungen nur auf dem Papier aus, aber wenn mir ein Fox live begegnet, kann ich ihn nicht von einem 7/8tel-Beat unterscheiden.

Dafür ist die Band ideal, sie lässt es sich nicht anmerken, dass ich keine Ahnung habe. Jetzt, da sie es lesen, schnallen sie es sicher, doch jetzt, nach unserem großen Durchbruch, ist es ja auch egal. drei Nummer-Eins-Hits in den John-Peel-Charts hintereinander, Touring durch Ungarn, Neuseeland ruft, wir sollen Vorgruppe werden von den Tall Dwarfs, Mike Watt hat uns in seine Liste der Most underrated german bands of all time or today gelistet, die Flaming Lips haben uns erwähnt als die Zukunft der Psychedelik, Kim Fowleys Bruder will uns produzieren, Klaus Voormann will sich Geld von uns leihen … Es kann ja gar nicht besser laufen.

Manchmal frage ich mich, was die anderen träumen. Ich hoffe, was Besseres.

Nachmittags, Maurice

Jetzt hat schon wieder einer das Klopapier falsch herum in die Halterung gesteckt. Es gehört mit der Lage nach vorne und nicht zur Wand, das weiß in Berlin jeder. Hier ist dieses Wissen offenkundig noch nicht angekommen. Oder ist das der Style von Bugmann?

Denke beim großen Geschäft an GG Allin. Der fühlte sich wohl vom SCUM Manifesto von Valerie Jean Solanas inspiriert und hat dann Scum-Punk erfunden. Na ja, strenggenommen hat er seinen männlichen Körper als finsteren Rock 'n' Roll-Tempel verstanden und dann ein eigenes GG-Allin-Manifesto für sich und seine meist männlichen Rock 'n' Roll-Jünger verfasst. Für mich eine Bibel!

Da war noch richtig was los. Heute legst du etwas Autotune auf deine Stimme und bist mit ein paar Clicks der hyperironisierte Performer.

Ich habe schon seit Jahren nicht mehr an GG Allin denken müssen. Irgendwas passiert hier gerade mit mir. Ob das an Rev liegt? Für mich verkörpert er den typischen Halbstarken. In alt. Der Rock 'n' Roller, der ich nie sein konnte. Weil der Rock 'n' Roll schon in den 80er Jahren nur noch ein zweiter oder dritter Aufguss war. Ich kenne Rock 'n' Roll nur als Revival. Als alberne Komödie. Als dumme Farce.

Als Ausdruck seiner tiefen Überzeugung, für sich und sein Manifest hat GG sich live auf der Bühne eine Bockwurst in den Arsch geschoben. Allin wollte die Menschheit immer wieder an die ursprüngliche Gefahr im Rock 'n' Roll erinnern! Und wir? Wir lassen das Glas mit den Bockwürsten im Supermarktregal stehen.

Abends vor der Tür, Rev

Ich glaube, Maurice denkt manchmal, früher wäre alles besser gewesen. Komischerweise denken alle von mir, ich würde das denken, ohne dass ich das tatsächlich jemals gedacht habe. Nein, früher war es schon genauso beschissen wie jetzt. Zumindest seit der Einschulung.

Ich habe Bommi Baumann mal gesagt, ich wäre gerne zu seiner Zeit jung gewesen. Er hat nur müde zurückgeschaut und meinte, die Sechziger wären auch schon so beschissen gewesen. Er hätte damals einem Rocker gesagt, er wäre gern dabei gewesen, als der Sportpalast beim Bill-Haley-Konzert zertrümmert wurde. Der Rocker hätte nur müde zurückgeschaut und gemeint, das wär 'ne ganz beschissen langweilige Nummer gewesen und er hätte damals einem alten Jazzfreak erzählt, er wäre so gerne in den Roaring Twenties in Berlin dabei gewesen. Der Jazzfreak hätte nur müde zurückgeschaut und gemeint, das wär beschissen langweilig gewesen, und er selbst hätte mal einem Bauingenieur erzählt, er wäre gern bei der Erbauung des Eiffelturms und der ersten Demo von Rosa Luxemburg dabei gewesen. Der Bauingenieur hätte nur müde zurückgeblickt und erzählt, dass er mal einem Waterloo-Veteranen gestanden hätte, wie gern er auf Seiten Blüchers dabei gewesen wäre. Der Veteran hätte nur müde zurückgeblickt und gemeint, Waterloo wäre eine ganz bescheidene und total langweilige Scheiße gewesen.

Abends, Gereon

Auch unser dritter Song ist nun fertig. Sein Arbeitstitel ist »Du, ich meld mich später«. Ausgiebig wird diskutiert, ob man dieses Mann-/Frau-Thema so angehen könne. Ich bin stark dafür, halte OIL für eine wichtige Stimme des Mannes.

Ich finde, wir sind nicht allzu Testosteron-abhängig, doch natürlich sind OIL eindeutig eine Männer-Band. Segen und Verhängnis. Machen wir also auch nur für Männer interessante Musik? Sind wir rückständiger Schwanzrock? Diese Frage wird sich im Laufe der Zeit noch öfter stellen, glaube ich. Zum Glück haben wir mit Rev einen Kandidaten in der Band, der die großen Zeiten von muskulärer Musik live mitbekam, schon totale Sauereien mit mehreren Menschen oder ähnlichem Backstage gemacht hat. Er hat sich selbst bereits fickend auf Bahngleisen auf einem Single-Cover verewigt und seine Eier gern raushängend auf Postern platziert. Er hat also ein gesundes Verhältnis zu seinem männlichen Körper und mag sein Geschlecht wie sein Gemächt.

Dass Mosh überaus gerne mit Eiern kocht und eine Art Türke ist, macht ihn – und da spreche ich ganz frei – auch nicht gerade zum Feministen. Dazu sein Bart: schmal, gefährlich, patriarchalisch, viril. Wahrscheinlich hat man ihn in seiner Jugend Macho geschimpft, und er hat dann clever die Laute verschoben, bis ein Mosh rauskam. Für mich dubios, so ganz habe ich den Mann noch nicht durchschaut. Manchmal erwähnt er Istanbul, obwohl er Konstantinopel meint. Hallo?

Dann Maurice. Sein leicht französischer Name ist erstmal Machismo-unverdächtig, das ist natürlich ein guter Trick. Er betont gerne, dass er mit Soul und Jazz, die ihm sein Vater vorspielte, groß wurde. Gibt sich also unverdächtig, was Machismo angeht. Dabei ist Soul doch die Frauenfick-Musik schlechthin! Und auch Jazz: Jazz ist doch die Instrumentefick-Musik schlechthin. Das hat sein Vater gefickt eingeschädelt bei dem jungen Mauricelein. Der weiß gar nicht, wie männlich konnotiert sein ganzes Wesen zusammengebappt wurde von seinem Vater. Er hält sich wahrscheinlich für einen aufgeklärten urbanen Feministen, aber wir wissen es besser. Ich jedenfalls.

Ich dagegen: Ich bin extremer Spätentwickler. Lernte erst mit zehn Jahren Radfahren, hatte mit 22 meinen ersten Samenerguss und mit 30 meine erste Freundin (gefühlte Zahlen). GV kam noch viel später. Ich weiß nichts aus Gnaden der späten Selbstbefriedigung. Also kann ich mir jetzt jede, heute eventuell politisch heikle, Sache erlauben und freidrehen.

Was das für unsere Bühnenshow bedeutet, mag sich jeder selber denken. Ich plane für mich jedenfalls ohne Zügel und ohne Tabus. Vielleicht kann ich auf der Bühne meine komplette Libido düngen und zur vollen Pracht wachsen lassen?

Erst muss ich mal sehen, wo die anderen momentan sind. Wieder ist aktuell die Situation so: Ich sitze einsam am Tisch mit den Instrumenten und Mikros, irgendwas blubbert am Herd und die Herren sind werweißwo.

Wohl rauchen. Das moderne Wixen. Da ist man sich einig, das muss sein. Ich bin der einzige, der wirklich arbeitet. Ich verschiebe heimlich die Spuren am Rechner von Rev und verwandle einen Haufen Geröll in einen schönen, wohl geschwungenen Hügel. Mache aus seinem unförmig klumpigen Chaos einen wunderschönen Song-Schmetterling. Wer kann, der kann, und am Rechner bin ich durch meine halbjournalistische Ausbildung diskret und schnell.

Rev wird es eh nicht merken, das Nikotin lässt ihn sich immer an den Rechner setzen und denken, dass er das alles vor zehn Minuten gemacht hat. Ich lasse ihn natürlich in dem Glauben.

23 Uhr, Maurice

Ich meine: Wo gibt es das sonst? Vier Typen tun sich freiwillig zusammen, um aufs Land in eine Hütte zu fahren und sich dort freiwillig zu therapieren? Ohne Therapeuten!

Wobei: Hier sitzen in Wirklichkeit nur Ausgebuffte. Keiner glaubt hier noch an den Erfolg einer Therapie. Egal welcher. Aber die Therapie selbst, die gefällt uns. Da wedeln alle fröhlich mit dem Schwanz und geben freiwillig Pfötchen. Es gibt Bier, es gibt Schnaps, es gibt Wein. Gutes Essen und kaum Ablenkung.

Die Abgeschiedenheit tut uns allen gut. Egal, was vorher war. Egal, was später sein wird. Rock 'n' Roll war schließlich schon Jahrzehnte vor Eckardt Tolles Millionenseller »Jetzt! Die Kraft der Gegenwart« voll auf die Zwölf. Gabba Gabba Hey!

Wir fragen uns (ohne dass einer ein Wort darüber verliert): Hat

Rock'n'Roll in den letzten Jahrzehnten an Substanz verloren, oder haben wir einfach nur vergessen, wie es geht? Haben wir etwa keine echten Gefühle mehr?! Allein die Frage.

Woran merkt der Mensch, dass er abstumpft? Also während er abstumpft?

Da muss ich doch nur das Radio anschalten. Da merkt es doch auch niemand in seiner aufgesetzten Freundlichkeit.

Hier in Heidmoor wird das alte Radio von Bugmann nur gebraucht, um Geräusche und Sprachfetzen aufzunehmen. Manchmal drehe ich stundenlang am Sendersucher und schalte mich von Kurzwelle zu Langwelle und wieder zurück zu UKW. Das hat mir an Aufnahmen von Holger Czukay immer gut gefallen. Dass das Radio da mitspielt und nicht nur abspielt. Gereon hasst Holger Czukays Solo-Alben. Wegen seines rheinischen Humors, den er offenbar nicht kapiert. Mir vollkommen unverständlich.

Rev nimmt meine Radio-Performance mit der nötigen Ernsthaftigkeit auf und Mosh spielt genüsslich Bass dazu.

Gereon steckt seit Stunden wieder in seinem Wohnwagen. Arbeitet gerade mit drei Hamburger Comedians an einem Buch und muss nochmal ran. Irgendein Ärger mit seinem Verleger. Wie bei allen Comedians, die sich für etwas Besseres halten, darf man auch diese drei Herrn Künstler auf gar keinen Fall Comedians nennen.

Ich glaube, inzwischen Signale aus Alaska zu empfangen. Ja doch, Rev, hat doch gerade eine Stimme gesagt: »Radio Alaska.«

Emma scheint der Sound der Erde aus den Lautsprechern gut zu gefallen. Sie liegt mit dem Rücken auf ihrer karierten Decke am Ofen – alle vier Pfoten gen Himmel gestreckt und schnarcht.

Im Moment hat OIL für mich Pause. Ich muss mich mit dem größten Arsch herumärgern, der mir in den letzten 20 Jahren begegnet ist. Meinem aktuellen Verleger. Nach den ersten Treffen bewahrheitete sich alles, was man sich über ihn erzählte. Er ist vollkommen verrückt.

Früher las ich immer von verrückten deutschen Verlegern, heute habe ich selbst mit ihnen zu tun. Patriarchen mit Geltungssucht und Seelenmangel. Exzentrische Spinner mit Hang zum Bescheißen, hieß es da immer in den später veröffentlichten Notizen ihrer Autoren. Man muss natürlich dazu sagen: Der Unterschied zwischen verrückt und exzentrisch ist allein der Kontostand; arme Leute gelten als verrückt, reiche als exzentrisch.

Morgen rufe ich ihn an. Meinen Verleger. Morgen mache ich es. Morgen.

6. TAG

Morgens, Maurice

Die Männer hier reden gerne vom Fracken. Frack it! Let's frack usw. Ich glaube, in Wirklichkeit reden sie von Selbstausbeutung, wenn sie vom Fracken reden. Aus sich selbst den letzten Saft herauspressen, die letzten Energiereserven anzapfen. Nur dieses eine Mal noch und dann läuft's! Läuft es wieder – oder dann läuft es erst recht nicht mehr. Auch egal. Wir sind vier Männer, ein Hund, aber mit zwei Autos angereist. Born to frack!

Ich bin der einzige OILer ohne Führerschein. Mosh hatte mal einen, den haben sie ihm jedoch vor vielen Jahren abgenommen. Alkohol am Steuer? Sehr wahrscheinlich. Er spricht nicht drüber.

Unsere Kinder werden sich über unsere Generation erzählen, sie tun es ja schon heute, dass wir die an Dummheit kaum zu übertreffenden Fracker sind. Dumme Männer, die aus Mutter Erde das letzte Öl gegen ihren Willen hochpumpen. Was heißt schon gegen ihren Willen? Es hat sie ja niemand gefragt.

Wir sind die Fracker, die mit dem Auto zur Tankstelle fahren, bloß um sich dort eine Schachtel Zigaretten und eine Flasche Kakao zu besorgen. Oder einen Einweggrill.

Ich merke, dass ich mich nach nur sechs Tagen schon der gleichen Generation zugehörig fühle wie Rev, Mosh und Gereon. Das nennt man wohl Gruppendynamik. Wobei ich mich mit dem Wort »Dynamik« im Zusammenhang mit diesen drei Typen echt schwertue.

Ich habe es gemacht. Habe meinen Verleger angerufen. Ihn um Vertragsauflösung gebeten, weil mich die ganze, erst vor wenigen Wochen begonnene Zusammenarbeit krank macht. Ich wählte die Strategie der persönlichen Bitte. Habe tatsächlich seit Tagen Kopfschmerzen und spüre Magengeschwüre sonder Zahl. Ich sage ihm, mir gehe es schlecht, sehr schlecht. Bitte ihn, den ja angeblich verständigen Verleger, um ein Ende der Zusammenarbeit, es ist ja auch noch kein Geld geflossen. Seine Antwort: Ihm gehe es auch sehr schlecht, er habe seit Tagen Kopfschmerzen. Er bittet mich, dass man das Buch zusammen mache. Er sehe keine andere Möglichkeit. Außerdem habe er schon leichte Magenprobleme.

Er spiegelt jedes meiner Worte. Jedes Argument wiederholt er und münzt es auf sich. Jedes! Nein, es gebe keine Chance, aus dem Vertrag rauszukommen. Nein, das würde ein tolles Buch, und er habe auch schon Hasstiraden nachts um halb drei ausgehalten und dennoch sei schließlich ein exzellentes Buch entstanden. Das sei seiner Erfahrung nach nun mal so, da könne man sich doch mal zusammennehmen, also bitte, das Projekt schaffe man gemeinsam und so weiter und sofort. Vollkommen wasserdichte Arroganz.

Ich lerne viel, wie man als Arschloch seine Macht durchbringt: Man wiederholt einfach alles und echot den Gegner. Genial. Muss ich mir merken, auch wenn es von diesem Psycho kommt.

Werde mir dennoch einen neuen aktuellen Verleger suchen. Einen, der verdienstvoll verlegerisch handelt. Jetzt mache ich mich erstmal wieder auf in den Schoß meiner Band. Das sind Männer, auf die man sich verlassen kann. Wenn ich denen sage, ich kann nicht mehr, können sie auch nicht mehr. Oder können erst richtig.

Abends, Mosh

Ob ich das übriggebliebene Tomatenmark der Hütte überlasse? Natürlich, was für eine Frage. Diese Hütte hat uns so viel gegeben, damit könnten sich locker zehn Öltanker bis zum Rand füllen lassen. Es ist die fühlbar beste Umgebung, welche sich für uns hätte finden lassen können. Wir haben schließlich aus dem Mark dieses Parallelrealitätskonstruktes Inspiration rausgepumpt, um es in Revs Wurmrechner hineinzufracken. Mal andersrum tut not, da kann man mal was zurückgeben.

Selbst wenn ich noch nicht alle Zwischentöne im interpersönlichen Universum von OIL gecheckt habe, denke ich doch, dass die anfangs irritierenden Nicklichkeiten und Anscheißungen zwischen Rev und Gereon zu ihrem urtümlichen Ritualmuster gehören. Schließlich kennen sie sich schon sehr lange und sind gute Freunde. All das produziert dabei eifrig musikalischen Honig und kommt sich dabei vor wie vier räudige Drohnen, welche in einer von Menschen bestäubten Plantage in China auf der Suche nach der Königin sind.

Ach, wenn es nicht meine absolute Lieblingskanne wäre, würde ich sie ja gerne der Hütte überlassen. Aber das geht nicht, leider. Den Rest des Herrn Mehmet Efendi werde ich dafür hier lassen, wer weiß, vielleicht sieht man sich ja wieder.

Abends, Gereon

Liege wieder in meinem Wagen. Was hat der Fahrradkurier eigentlich für Bücher? Scheiße, der hat Fischli/Weiss. Dieses Buch des Künstlerduos, das überall zu finden ist und das mich jedes Mal rasend macht. Wo nur Fragen drin sind, die sich jeder ab und zu stellt. Ich nicht. Ich platze nur vor Neid und Hass, wenn ich diese Fragen sehe. Diese scheinnachdenklichen, melancholischen, scheißfindigen Fragen mit Schmunzelgestus und dem Horrormittel Ironie. Dass die damit einen Welterfolg landen konnten, macht mich noch wütender. Das Geld gehört eigentlich mir.

Ich kann das nämlich auch. Solche Fragen sind das literarisch Einfachste, das es gibt. Fragen ist eh immer einfacher als antworten, deshalb ist ja auch Günther Jauch so beliebt.

Auf Tour gibt es in Hotels die schöne Geste, die Minibar des Zimmers zu verbessern, indem man bessere Getränke reinstellt als drin sind. Und sich dann das Gesicht des Menschen vorstellt, der den Kühlschrank bestückt. Solche Bücher wie von Fischli/Weiss kann man auch verbessern. Sie gehören sogar verbessert, weil sie sich einbilden, so frei zu sein, so anders, so schräg. Mal sehen, ob der Fahrradkurier das irgendwann bemerkt, wenn ich sein Exemplar verbessere. Zum Glück liegt hier ein weißer dünner Edding rum! Und ich brauche einen weißen, haben doch die feinen Herren schweizer Künstler von »Findet mich das Glück?« (Allein der Titel! Was für eine kitschige Museumsbuchhandelscheiße!) natürlich alles weiß auf schwarz drucken lassen. Wohl wegen der Aura, sprich Bedeutungshuberei.

Ich schreibe auf jede Seite eine neue zusätzliche Frage. Warum kommt mir nie ein Zug entgegen? Warum wird meine Suppe nie trocken? Warum machen sich Hunde nie in die Hose? Wann hört man Tauben lachen? Ist die Nase die Schleuse der Seele? Was habe ich für einen Anlass? Das sieht schon mal richtig echt aus! Top.

Wann schwitzt mein Auge? Wenn es weint oder wenn es vor Lachen weint? Wann stelle ich mich schlafend, wann schlafe ich wirklich? Hatte der Mann früher drei Eier und zwölf Zehen? Haha, darauf würden die Spießer nie kommen! Weiter!

Wenn man sich mit trockenen Haaren wiegt, wieviel ist das weniger? Wann darf ich den Mund offenstehen lassen? Wenn ich Hunger habe, oder wenn ich Durst habe? Kann man alles fotografieren oder alles nur von vorne? Wie soll ich wissen, wie ich im Bett bin? Wie lange war meine Kamera aus in ihrem Leben? Wie lange war meine Kamera aus in meinem Leben? Wer braucht schon zwei Tauchsieder? Warum habe ich zwei? Weiß jeder, wie viele Tauchsieder er hat? Was würde ich jemandem leihen, wenn jemand fragt? Könnte man jede Zahnpasta wieder in die Tube drücken, wenn man Linkshänder ist? Verbrauche ich Kalorien, wenn ich einen Schatten werfe? Betrachte ich das Leben oder betrachtet es mich? Krank. Gerate schon auf das Niveau von denen. Besser machen.

Gibt es ein Auge, das schon mal in seinen eigenen Kopf hineingesehen hat? Was wären Autos, wenn sie nicht fahren könnten? Warum vergifte ich nur Tauben, aber keine Spatzen? Kann Strom auslaufen, wenn die Steckdose kaputt ist? Wie viele Farben gibt es nicht? Kann ich bei der Straßenbahn anfangen? Warum machen die anderen da drüben Musik und fragen mich nicht?

23:30 Uhr, Maurice

Diskutieren zum Bier am Abend vor der Abreise unseren Song »Du, ich meld mich später«. Nach abgeklungener Euphorie ist uns aufgefallen, dass der Song extrem unter Macho-Verdacht stehen könnte. Also noch stärker als unsere anderen Songs. Aber, na klar: Der Tonfall der Frauen am Telefon verändert sich ja sicher auch, wenn plötzlich ihre Männer am Telefon sind und sie aber gerade gemütlich zum Gin Tonic mit ihren Bestfriends über Neuentwicklungen auf dem Dildomarkt sprechen.

Wir diskutieren, zwei Gastsängerinnen bzw. Sprecher*innen einzuladen. Aber wäre das nicht bloß der alte Trick des männlichen Musikproduzenten?! Vom Pop-Patriachat durch weibliche Rollenbesetzung ablenken?

Aber wäre das für OIL vielleicht trotzdem ein Schritt in die richtige Richtung?! Woher soll ausgerechnet die Gruppe OIL das wissen?!

Wir sind doch alle Typen, die mit Groupie-Fantasien großgeworden sind. So hat uns die Generation unserer Väter den Rock 'n' Roll doch erst richtig schmackhaft gemacht.

Als schüchterne Teenagerjungs haben wir (außer Gereon) Bands gegründet, um Kontakt mit Teenagergirls aufzunehmen. Auch wenn nach den Konzerten hauptsächlich männliche Freaks ankamen, um einem zu sagen, wie toll sie das Konzert fanden. Nicht selten übrigens Männer, die weit über 30 Jahre alt waren. Es war die Zeit vor Tinder. Lange vor Gründung der Facebook-Gruppe »Ausgehen mit gleichgesinnten Musik-Nerds, gerne auch Mädels«.

Ich selbst bin durch meine Eltern mit Soul-Musik großgeworden. »Oh Baby« statt »Oh Lord« klang erstmal vielversprechend sexuell für mich katholisches Landei zwischen Kommunion und Firmung. Aber »Oh Baby« in Songs als Macho-Anmache klingt aus heutiger Sicht fast noch schlimmer. Wobei ich mir an dieser Stelle die Frage stelle, ob ich das als mitteleuropäisches Weißbrot überhaupt richtig beurteilen kann. Ja, was weiß ich schon über die afroamerikanische Geschichte?! Was weiß ich heute über die Beziehung von Jay-Z und Beyoncé und ihren gesellschaftlichen Stellenwert für Amerika – jenseits des Boulevards?

Ja, was weiß ich über die Verkrampfung im Pop vor Rhythm 'n' Blues und der daraus resultierenden Beat-, Rock-, Soul- und Funk-Musik bis hin zum heutigen R 'n' B- und Rap-Geschäft? Als ich geboren wurde, war der Groove ja längst da!

Wir sind weder Afroamerikaner noch sind wir Frauen. Wir sind männliche, weiße Heteros, die relativ wenig aus ihrer privilegierten gesellschaftlichen Situation gemacht haben. Außer Mosh natürlich, der ist ein türkisches Gastarbeiterkind. Ein Sachverhalt, der ihn jetzt auch nicht gleich zum ausgewiesenen Feministen macht.

Gereon ist jedenfalls für die weiblichen Gäste im Song. Der sieht sich schon als Phil Spector in einem Hamburger Studio sitzen.

Ich hingegen finde die Blöße, die wir uns in unserer Song-Performance geben, so schwach und entlarvend, da dürften wir am Ende doch eher unter Trottel- denn unter Macho-Verdacht stehen.

Aber klar, wir könnten im Falle einer weiblichen Co-Besetzung mit unserem Song rausgehen an die Presse und Radios und sagen: Na, klar, euch erinnert »Du, ich meld mich später« an Trios »Sabine Sabine Sabine«. Aber, fällt euch was auf? Es ist nicht mehr die alte 80er-Jahre-Machogeschichte, hier kommt mit 30 Jahren Verspätung endlich auch die andere Seite der Leitung zu Wort. Auch wenn wir trotzdem eine Männerband bleiben, immerhin mit einer Hündin an Bord, zeigen wir dem Markt doch, dass wir empfänglich sind für brennende Themen wie Geschlechtergerechtigkeit. Das verkauft ordentlich Platten und sorgt für Auftritte auf den richtigen Festivals. Warum muss ich die Dinge eigentlich immer in Verwertungsmechanismen sehen? Immer nur an die Beute denken. Das scheint mir doch die eigentliche Wurzel der zum Himmel stinkenden Macho-Scheiße zu sein.

Es ist jedenfalls das erste Mal, dass sich die Band gemeinsam strategische Gedanken macht. Mosh findet Kalkül am Ende schlimmer als alles andere. Rev ärgert der ganze Trio-Bezug. Gereon ist schon wieder nicht mehr richtig bei der Sache. Er träumt wohl schon von den Aufnahmesessions mit den Sängerinnen.

7. TAG

Morgens Abfahrt, Rev

Unsere kleine Demosession neigt sich dem Ende zu. Es werden beim Frühstück kurz noch Musik und Texte reflektiert. Irgendwas mit Musik, Männern und Frauen, Soul, Sex und Fettnäpfchen, in die man treten könnte. Ich muss da nicht mitgehen. Mir ist der ganze Diskurs über längst vergangene Wortwahl fremd. Ich hab mich immer gerne Baby nennen lassen, als ein Ausdruck von Zärtlichkeit von denen, die mich liebten. Das Wort Baby als ein Respekt zu hören, dass man bereit ist, sich verletzen zu lassen, und dies vom Anderen erkannt und innigen Herzens anerkannt wird – das fand ich immer schön. Eine Auszeichnung in Liebe. In der Bereitschaft, jemandem unbedingt zu vertrauen, liegt ein heilsamer Friede. Liebe ohne die Bereitschaft zur Verwundbarkeit gibt es meiner Ansicht nach nicht. Ich finde es immer noch schön, Lieder über diese Art Verletzlichkeit zu hören. Netz und doppelter Boden haben mich von jeher gelangweilt. Stärke und Durchsetzung öden mich an. Sie langweilen mich, weil sie den Blick für das Schöne, Innige und Zärtliche zwangsläufig immer verbauen. So wie der Blick in den Himmel verbaut ist, wenn man durch New York läuft. Die Liebe und den Himmel muss man dann unten in den Gassen suchen.

Dieses Verbaute ist für mich die wahre Männerwelt, auch wenn diese mittlerweile versucht, sich drumherum zu reden. Und ein sich absichern wollender Diskurs macht mich müde. Insbesondere bei Soul-Musik. Die war ja mal angetreten, diese beschriebene Machtwelt aus den Angeln zu heben, vor allem in einem Glauben an das Gute und die Liebe. Ich sehe bei diesem Gedanken jetzt einige Menschen milde und mitleidig lächeln. Wer bei dem Otis-Redding-Auftritt auf dem Monterey Pop Festival keine wässrigen Augen bekommt, braucht meiner Ansicht nach dringend einen Therapeuten.

Aber genau diese Soul-Musik bietet sich als Generalmissverständnis an. Ein verklemmter deutscher Popsoziologe behauptete, der Song »The Dark End of the Street« wäre ein Aufbegehren gegen die soziale Ungerechtigkeit, unter der die afroamerikanische Bevölkerung der USA zu leiden hätte. Liegt nahe für jemanden, der auf der richtigen Seite stehen möchte. Dabei ist »Dark end of the street« Slang und ein Synonym dafür, in der dunkelsten Ecke heimlich mit der oder dem verheirateten Nachbarn/in zu vögeln! Eine gewagte und offensive Sexualität, überhaupt ein unmoralisches Verbrecherdasein, war sehr lange Zeit ein Aufbegehren aller Verfemten und des Proletariats gegen bürgerliche Unterdrückungsmechanismen! Und der degradiert die Kraft, Sexyness und Aufsässigkeit dieser Musik mit seiner Interpretation zu einem soziologischen Phänomen. Erklärt sie falsch und macht sie so für sich benutz- und verfügbar.

Aber wie soll man dies alles überhaupt erklären können, wenn Sexualität nur noch zu Werbedreck und Machtmissbrauch degradiert ist? Und es kaum noch Vorstellungen von etwas Sanftem oder wirklich Schmutzigem gibt. Ich habe neulich bei dem Autoren Tobias Haberl den Satz gelesen, dass Schönheit stets etwas Unerklärliches und Verletzliches sei. Ich setze gerne noch einen drauf: Stärke ist einfach nur hässlich. Schlimmer noch: erklärbar und geheimnislos.

Während ich über all dem am Frühstückstisch eindöse, greifen zum Glück schon andere Lebenswelten in unser Frühstück. Die, die nicht in Heidmoor sind, sondern über die nun geführten Telefonate mit dem jeweiligen Zuhause, den anderen Arbeiten usw., die nach uns schielen und nach uns greifen. Die Welt will einige von uns wiederhaben. Mich nicht unbedingt.

Das Packen beginnt und schafft ungemütliche Unruhe. Doch es gab gestern Abend noch eine Idee, und ich hoffe, wir werden die noch vor dem allgemeinen Aufbruch aufnehmen. Gereon und Maurice haben angefangen, einen Text für mich zu schreiben. Sie sagen, es gehe um meine Unabhängigkeit und wie abhängig ich von der sei. So eine Sinnverdrehung kann nur von Gereon kommen. Intelligenz bis zur Unkenntlichkeit rules im Gaguniversum.

II. STÖFS I

Stöfs ist eine Gemeinde im Kreis Plön in Schleswig-Holstein, 3 km von der Ostsee entfernt. 1433 wurde das Dorf erstmals urkundlich erwähnt. Bevölkerungsdichte 29 Einwohner je km^2. Die Gruppe OIL war drei Tage da.

1. TAG

12:30 Uhr, Maurice

Ich wäre gerne wieder nach Heidmoor gefahren, aber gut, dann eben Stöfs. Holsteinische Schweiz. Auch ok. Warum nicht an die Ostsee? Als Kind litt ich an einer chronischen Bronchitis. Alle um mich herum rauchten. Meine Mutter, mein Vater, meine Oma, meine Lehrer und sogar der Kinderarzt. Während der Behandlung. Er verschrieb mir rauchend Codein-Saft gegen den Husten. So wurde ich das extrem umgängliche Kind, auf das noch heute alle Erwachsenen gerne aufpassen würden: Der Maurice, der ist so süß und so schön umgänglich. Mit dem kriegst du keine Probleme. Nie!

Vor dem Codein-Saft hieß es immer: »Fahren Sie mit dem Jungen an die See.« Dank dem orangenen Zaubertrank hörte der Brachialhusten jedoch sofort auf. Dafür befand ich mich fortan in einer schwer zu fassenden, merkwürdig psychedelischen, beinahe autistischen Grundstimmung. Seither liebe ich Musik.

Immer dann, wenn der Husten einsetzte, gab es neuen Saft. Ich glaube, irgendwann hat mein Körper nur noch für den Saft gehustet. Nur den Sommer hat mein Körper noch ohne das Codein ertragen.

»Fahren Sie mit dem Jungen an die See!« Dieser Satz hallt trotzdem bis heute nach. Deutschland, Land der Binnenseen, Landzungen, Autobahnen und Zauberberge.

Die lange Fahrt an die Küste mit Rev, Mosh und Emma verlief jedenfalls ziemlich entspannt. Emma hat sich tierisch gefreut, mich wiederzusehen. Im Auto wurde genüsslich zusammen geraucht.

Autobahn morgens, Gereon

Ich fahre allein nach Stöfs. Von Hamburg über Neumünster, über Lütjenburg in den winzigen Ort, der nur aus einer Durchfahrtsstraße besteht. Klingt erstmal trist, ist aber das Gegenteil, liegt das Dorf doch auf einer Anhöhe und bietet einen unfassbaren Blick auf die nahe Ostsee. Angeblich hat hier schon Bismarck Halt gemacht, um auf die Weite hinabzusehen.

Wir haben uns eingemietet bei dem Grundbesitzer Albrecht, in dessen Villa am Ortsrand wir die kleinste der vielen Wohnungen beziehen, um weiter zu oilen.

Die Berliner Fraktion ist noch nicht da und kommt sicher vier Stunden später. Na gut, die haben auch vier Stunden mehr Fahrt, aber ich brauche Argumente gegen sie, weil ich der Meinung bin, dass eine Band Druck und Stress braucht, damit sie was Vernünftiges rausdrückt. Das waren schon wieder zu viel Einigkeit und Harmonie zum Schluss in Heidmoor. Wir verstanden uns und aßen einander lobend Trüffelrührei zum Abschied. Das soll eine Band sein? Nein, das sind Menschen, die sich mögen, und so kann niemals etwas Aufregendes entstehen.

So suche ich Gründe, sofort bei dem Knirschen auf dem Hof, das den Wagen von Rev ankündigt, hinauszustürmen und die Restband irgendwie zu degradieren. Mit Vorwürfen oder so. Das wird sie in die Defensive versetzen, sie unten anfangen lassen, sie klein machen. Nur so kann man groß werden, nur so erzeugt man Spannung. Das ist eine gute Strategie.

In der Band macht sich niemand so viele Gedanken über innersoziale Bedingungen wie ich. Ich bin der heimliche Psychologe, der heimliche Therapeut, der Motor, das Herz, die Seele, das Salz, der Zucker, das Benzin im Tank der Gruppe OIL. So kann man das wohl sagen.

Gleich werden sie zugeraucht und müde, doch gut gelaunt ankommen. Sie werden schon sehen, was sie davon haben.

12:50 Uhr, Rev

Die zweite OIL-Session beziehungsweise dritte nach meines Rechners Rechnung beginnt äußerst ... wie sagt man das jetzt? Chillig? Smooth? Nicht verspannt auf jeden Fall. Die Berliner Fraktion ist diesmal gemeinsam gefahren. Selbstgeschmierte Butterbrote aus der Tupperbox und kein schnelles, hastiges Rastenfood als Versorgung. So ist OIL. Klein und ohne jede Angeberei. Irgendwie will OIL nichts und scheint alles auf sich zukommen zu lassen. Vielleicht liegt die gemeinsame Freude dem Planlosen zugrunde. Es wäre nun leicht, den Aphorismus des Segelns anzuführen. Man weiß einfach nicht, was da kommen will – Sturm oder Flaute. Das klingt sowas von dämlich ... Fla-hau-te. Oldmenspeech. Aber das stimmt nicht. OIL scheint mir, wie mein Cousin Olli zu sein. Aussehen wie ein Twen und ständig Sprüche eines Neunzigjährigen von sich geben beziehungsweise umgekehrt wie Lao-Tse. Aussehen wie ein Greis und trotzdem sprudeln wie ein Jungbrunnen. Beängstigend. Ich würde gerne einfach mal bei meinem richtigen Alter ankommen. Meine Hoffnung ist mein Wissen, dass Schlaffheit ansteckend wirken kann. Vor allem sind die Members of OIL dafür empfänglich. Sie brauchen Ruhe vom Sturm des Lebens. Andere Leute fahren und fliegen dafür in Urlaube. OIL legt in diesem Zustand erst richtig los.

Emma weiß, was Sache ist: Die Selbstverständlichkeit des Daseins in all seiner Schönheit und Niedertracht wird niemals im Zwang einer Idee zur Anschaulichkeit kommen. Also werden die Ergebnisse der kommenden Tage hoffentlich der Wirklichkeit dienen.

Mein Plan hat voll funktioniert. War klar. Die drei Berliner kommen wie drei Tigerstaaten angerauscht und werden von mir gleich zum Bettvorleger herabgegradet. Ich mache ihnen Vorhaltungen eher allgemeiner Art (sie zu spät, Wetter doof), werde dann persönlich (ich friere, habe Durst) und aggressiv (warum haben sie keine Chips, kein Ersatzladekabel, keinen guten Tonic, keine Hausschuhe für mich dabei?).

Erstaunlich schnell bauen sie ihr Equipment auf und der erste Song wird angefangen. Er heißt »Degoration«, kein guter Titel, egal, lieber einen Arbeitstitel als gar keinen Titel. Titel sind wie Kondome: Geil, dass man sie hat, aber auch geil, wenn man sie wegschmeißt.

Ich hab ein paar Zeilen, auf die man aufbauen kann. Worum es geht? Es geht um alles, wie immer bei OIL.

Der schwedische Tennisspieler Mats Wilander wurde mit 30 Jahren, also noch ziemlich jung, gefragt, was er denn nach seinem Karriereende machen werde. Mit seinem Leben, mit sich. Er wollte nämlich bald den Schläger an den Nagel hängen. Er antwortete, er werde ab jetzt jeden Tag versuchen, ein besserer Mensch zu werden. Ein besserer Mensch – nicht mehr, nicht weniger. Nur das.

Oha! Mich hat das damals stark beeindruckt. Nun ja, ich war jung und süchtig nach Lebensweisheiten. Aber »besser werden«, das ist natürlich ein fundamentales Pfund. Und ist schöner als »schlechter werden«, was einem ebenso passieren kann, und vielleicht merkt man das nicht mal. Hat über dieses Sujet jemals einer einen Song gemacht? Nein. Das ist also eindeutig eine Sache für eine Gruppe wie OIL. Mit der Band traut man sich alles.

Ich fange an zu schreiben. Wähle den kleinen Umweg, zunächst meine Sehnsucht nach betreutem Leben zu formulieren. Ob im Alter oder in frühester Jugend, das bleibt sich gleich.

ich will älter werden, ich will ins heim.
ich will heimisch werden in stuhl und bett.
dann kann ich faul sein und immer müde.
dumm und stumpf und zeit für nichts.

ich will jünger werden, ich will ins heim.
wo die anderen kinder sind zum spielen.
da kann ich einsam sein und traurig.
mit grund und ohne, ist allen egal.

Dann müsste eine Bridge kommen oder schon der Refrain. Mal sehen. Aber erstmal weiter zum eigentlichen Punkt.

ich will besser werden, will es als mensch.
besser zu anderen, besser zu mir.
dann lebte ich mein leben.
endlich unendlich hier.

ich will schlechter werden, will es als mensch.
den skrupel los, richtig übel sein.
so einen brauchste dagegen.
in diesem kampf allein.

Sagenhaft. Bin sehr zufrieden. Das sind Zeilen! Erratisch, allerdings nicht zu sehr. Eindeutig, doch nicht dumm. Jetzt fehlen noch ein paar mehr, aber das wird, das wird.

Derweil prokelt unsere Rhythmusgruppe Rev / Drum Machine und Mosh / Bass hinten eine Stunde rum und findet den Groove. Die Eulen finden den Beat. Sensationell wie immer.

Wo Maurice die ganze Zeit ist, weiß nur die deutsche Independentlabelwelt, mit der er wahrscheinlich telefoniert. Das sei ihm gegönnt, denn ich weiß, dass wir ihn gleich brauchen werden, wenn es darum geht, die schnöden Zeilen auf dem Papier in fliegende Melodien zu verwandeln. Ich komme zum Gipfel des Songs.

hol mich ab,
aber nicht da, wo ich steh.
lass mich hier liegen,
doch bitte nicht in frieden.

Erschöpft breche ich nach dieser Anstrengung auf dem weichen Sofa zusammen. Jetzt müssen die anderen den Geniestreich zum Glänzen bringen. Wie gerufen kommt Maurice so kregel zur Tür rein, als hätte er das Geschäft seines Lebens gemacht. Na, dann mal los, Herr Sänger!

Als er sich den Song durchliest, fällt ihm gleich eine passende Phrasierung ein. Erstaunlich. Maurice hat sich jedenfalls das Singen nicht beigebracht wie eine Wunde. Und als aus ihm eine Gesangslinie – erst holpernd, unsicher intoniert, dann immer fester und stilsicherer – herauströpfelt, da weiß ich, diese Band, das ist meine. OIL, das ist Heaven in the Sky.

Ich schimpfe mich still für diesen Pathosanfall und geißele mich in Gedanken mit der zartharten Peitsche eines glücklichen Lebens.

Abends, Maurice

Unsere Songs sind gut, selbst die Texte sind gar nicht so schlecht. Aber was ist mit dem medialen Erscheinungsbild von OIL? Ich werde in Stöfs auf jeden Fall viel Bildmaterial produzieren. Stichwort Instagrammability. Immerhin: Wir haben mit Rev einen kameraerprobten Schauspieler in der Gruppe. Von »Rollo Aller« bis »Deichbullen«. Für mich ein echter Underground-Filmheld.

DEGORATION
OIL

Die Zeichnungen von Mosh, die er hier ungefragt auf jeder Verpackung hinterlässt, lassen sich bestimmt sehr gut animieren. Die Bilder von OIL produzieren sich also quasi von selbst. Da muss nur regelmäßig abgeschöpft werden. Wie bei einer guten Hühnerbrühe. Wird oben nicht regelmäßig abgeschöpft, wird die Brühe unten trüb und tranig. Kein Gast mag trübe tranige Suppe auf seinem Teller. Glasklar muss sie sein. Auch wenn ein ganzes Huhn darin verkocht wurde. Ich liebe hinkende Vergleiche direkt von der Herdplatte.

Werde der Gruppe anbieten, morgen Abend Coq au vin zu kochen. Huhn in Wein. Kommt immer gut an.

Die Kochsession wird bestimmt eine schöne Fotosession. Gealterte Untergrundhelden beim Häuten der Zwiebel. Wir müssen OIL in den Socials spürbar machen. Was heißt hier wir? Ich muss das tun.

Im Zweifel werfen wir Emma eine Sucuk hin. Ein Stück Wurst für eine niedliche Pose auf einem Foto. Ein fairer Deal.

Habe direkt nach den Heidmoor-Sessions in Berlin mit ein paar Musikverlagen und großen Plattenfirmen gesprochen. Ein erstes Interesse an den Songs von OIL ist schon mal vorhanden. Die ersten Skizzen klangen nicht nur für die Band vielversprechend. Ich muss dringend eine Kopie von Revs Festplatte machen. So kaputt wie der drauf ist, lässt der seinen Rechner beim erstbesten Tankstellenbesuch für den Tabakkauf am Tresen liegen. Und dann? Re-Recordings?

Auf keinen Fall. Das waren verdammt starke First-Take-Momente. Die große Magie des First-Takes. Jeder Take, der folgt, orientiert sich am First Take. Wenn du einen Song zum ersten Mal singst, weißt du nicht, ob du durchkommst. Die Intonation kommt aus dem Bauch. Oder sonst woher. Manch einer hat schon Gott rausgehört.

Die Angst, bei der ersten Aufnahme aus der Kurve zu fliegen, schwingt in jedem Moment mit. Ton für Ton. Intervall für Intervall. Noch kein abgesteckter Parcours. Eine hohe Intensität. Das wahre Leben. Die jungfräuliche Fahrt durch den unendlichen Raum der Musik.

Abends, Gereon

Wir nennen den Song über das Älterjünger- und Besserschlechterwerden »Degoration«. Der Grund bleibt unklar, der Titel war dann einfach da. Manchmal bin ich überrascht, selbst von uns Menschen.

Nachts, Mosh

Es macht Spaß, endlich wieder Bass mit Menschen zu spielen. Wie gut, dass alles sofort aufgenommen wird. Wer weiß, ob ich mich ohne die Aufnahmen nach ein paar Monaten noch an die Songs erinnern kann. Auch wenn Rev freiwillig keine Aufnahmen rausrückt. Und wer weiß, wie viele Monate zwischen jetzt und dem nächsten Treffen mit OIL liegen werden.

Ich muss auch unbedingt eine Kopie des OIL-Ordners auf einen Stick ziehen. Das wird Rev sicherlich nicht leichtfallen, die Macht aus den Händen zu geben. Mit dem Versprechen, es den anderen nicht zu erzählen, und dem Hinweis auf die Dringlichkeit einer Sicherungskopie, weil der Verlust unserer bisherigen Arbeit eine Katastrophe wäre, wird er sie allerdings schon rausrücken, denke ich.

Sind wir jetzt eigentlich schon eine richtige Band? Es fühlt sich jedenfalls alles wie eine richtige Band an, obwohl wir hier in einer Art Wohnküche an einem Tisch sitzen und nur in Zimmerlautstärke spielen. Ja okay, es fehlt dieser sexuell-ekstatische Moment, wenn alle gemeinsam bei höllischer Lautstärke ein Loch in die Realität reißen, bloß um einen Blick hindurch zu erhaschen. Also im Allgemeinen »gemeinsames Musizieren« genannt. Hört sich etwas lahm an, sagt aber genau aus, um was es geht. Es ist, als ob mehrere Menschen sich aneinander orientieren, bloß um gemeinsam pustend eine Spatzenfeder in der Schwebe zu halten. Wenn es klappt, dann wirkt es wie ein Wunder und schenkt allen tiefe Befriedigung. Bei OIL geht es eher so wie in einem Musiklabor zu, man packt zügig aus tiefstem Herzen musikalische Tinkturen zusammen und nur das Ergebnis zählt. Man lehnt sich zurück und entscheidet am Ende, ob es gut ist. Was bei uns meistens bei der Erstaufnahme der Fall ist. Dann auf zum nächsten Song und, wenn möglich, noch gemütlich etwas dazu kochen oder einen Spaziergang an der herrlich frischen Luft.

Nachts, Rev

Menschen fahren weg, um an anderen Orten andere Sachen zu machen. Sachen, die sie zuhause in gewohnter Umgebung nicht tun. Es gibt zum Beispiel Menschen, die nicht gerne in überhitzten Räumen leben, der Gesundheit wegen und ob ihrer Energieverantwortung. Höchstens 18 Grad und das Schlafzimmer wird sowieso nicht geheizt. Solche drehen in Hotels dann gern die Heizung bis zum oberen Rand auf und machen es sich bei 28 Grad gemütlich. Nur ein Beispiel.

Ich frage mich, was jeder einzelne von uns hier gerne tut, was er zuhause nicht tut oder nicht tun kann. Bei mir ist es klar, ich kann mich mit drei Menschen unterhalten, die nicht weglaufen können. Das geht zuhause natürlich nicht, da gibt es keine anderen Menschen zum Unterhalten.

Bei Gereon könnte es das Musikaufnehmen sein. Aber er hat in Hamburg schon Musik aufgenommen für sein Musical »Der Schönling der Mösen«. Leider wollte das niemand mit ihm in der Hauptrolle aufführen, und er hat deshalb ein Ersatzstück geschrieben: »Der König der Möwen«. Nein, bei Gereon sind es die Leberwurst und das Büchsenfleisch, die er hier einkaufen und verzehren darf. Zuhause geht das nicht. 1. Würde ihm sein über den Kopf gewachsener und sehr starker Sohn alles wegessen. 2. Kann seine Frau das Büchsenfleisch nicht riechen. Ihr wird übel davon. Mir allerdings auch. Es riecht genau wie Hundenassfutter. Emma kriegt so einen Dreck nur in absoluten Notfällen. Aber bitte, Gereon ist an Jahren alt genug, um das selbst zu entscheiden.

Bei Mosh kann ich mir nicht ausmalen, was er hier tun darf und zuhause nicht. Es sind keine Verhaltensauffälligkeiten ersichtlich, die jemanden in seinem näheren Umfeld stören könnten und die deshalb hier ausgelebt werden müssen. Ich schätze, es muss was mit seiner Eiermanie zu tun haben. Es ist wahrscheinlich ganz anders, als ich es mir ausgemalt hatte. Bevor er nach Istanbul fährt, wird dort vielleicht schon rumgeunkt: »Bei Allah, hoffentlich will der Moshjunge uns nicht wieder die Eier machen.« Vielleicht sind die Eier von Oma und Opa in Wahrheit viel besser als die von Mosh. Die Oma lässt Mosh die Eier dennoch machen, damit er nicht traurig ist. Wenn es dann ans Verspeisen im Kreise der Familie geht, kriegt Opamosh jedes Mal einen Lachanfall. »Das sollen gute Eier sein? Ha, ha! Nie wird der Moshjunge lernen, wie Eier gehen. Niemals wird er ein richtiger Eiermann! Ha, ha, ha!« So oder so ähnlich vielleicht. Womöglich hat seine Freundin dem Ganzen noch die Krone aufgesetzt und ihm gestanden, dass sie mit seinen Eiern nie wieder etwas zu tun haben will.

Bei Maurice bin ich mir nicht ganz sicher, worum es sich handelt. Auffällig ist, dass er immer sehr nah am Kaminofen sitzt. Ist er so einer, der die Familie mit unterkühlten Räumen quält? Nein, das will ich mir nicht vorstellen. Seine Frau vielleicht? Nein, die wirkt auch nicht asketisch oder übertrieben sparsam. Ich hab's: Es sind seine Eltern. Maurice muss in einem fast nicht geheizten Haus aufgewachsen sein, so wie er immer die Nähe des Ofens sucht. Die Erfahrungen ungezählter, blau gefrorener Winter treiben ihn nun stets zur nächstbesten Wärmequelle.

Ich döse darüber ein und im Halbschlaf träume ich, wie Maurice mit seiner Familie zu Weihnachten seine Eltern besucht. Nachts schleicht seine Frau heimlich mit den Kindern in das große Badezimmer, um dort zu schlafen, denn dort gibt es eine Fußbodenheizung.

Nachts, Maurice

Die meisten Geschichten von Bands sind schöne Geschichten des Schwindels und des Scheins. Vor allem sind sie ein Produkt der Werbeindustrie.

Kein egomaner, sozial völlig unerträglicher Musiker würde freiwillig mit anderen Musikern zusammen Musik machen, wenn er nicht unbedingt müsste, um seine eigenen Lieder vor einem Publikum live aufzuführen. Ja, wenn er doch nur selbst gleichzeitig alle Instrumente spielen könnte.

Klar stellten Mäzene den großen Komponisten der Klassik ganze Orchester zur Verfügung, um ihre Musik live aufzuführen. Aber sie haben nicht zusammen mit den Streichern und Bläsern gespielt. Sie haben die Musiker ihre Kompositionen nach peniblen Anweisungen spielen lassen.

Heute sieht man in der modernen Popmusik mehr und mehr das wahre Gesicht des ach so sozial engagierten Musikers: Dank technologischer Entwicklungen kann heute jeder zuhause ein Komponist, Multi-Instrumentalist und gleichzeitig Produzent sein. Und auf der Bühne der Performer seiner selbst. Zur Not findet sich in jeder Stadt eine notgeile, lausig bezahlte Rampensau: Der Interpret.

Was soll's. The Grateful Dead waren in Wirklichkeit nur so lange unterwegs, weil das Acid-Geschäft so gut lief. Und die Rolling Stones sind noch heute auf der Bühne, weil ihre Band zur Coca Cola des Rock 'n' Rolls wurde. Ihr eigenes Bandlogo streckt ihnen täglich frech die Zunge raus.

BUTTHOLE
SURFERS

Frack
Pro

Warum wir jetzt ausgerechnet an der Ostsee mit OIL versuchen, eine Band zu sein, die wir schon in Heidmoor nicht sein konnten, um jetzt irgendwie weiter so wie eine Band zu agieren, zumindest so, wie wir uns vorstellen, wie eine Band heute zu agieren hat, ist durch und durch gelebter Anachronismus und komplett bescheuerte Realitätsflucht. Wo das Leben aus eigenem Antrieb romanhaft wird. Zweifellos romanhaft werden will. Wo vier Männer mit mindestens 30 Jahren Verspätung einen nie zu Ende gelebten Jugendtraum zusammen im Wachzustand zu Ende träumen müssen. Bloß um am Ende nicht allein zu sein mit seinen unerfüllten Träumen. Und auf dem Gipfel der gemeinsamen Illusion: Das Ideal von Bruderschaft und Solidarität im Bandgefüge.

Ganz genau: Das Ego bitte hier vorne an der Garderobe abgeben und dann im Kollektiv zusammen in höchsten Höhen fliegen. Ja, wer bitteschön sind wir? Nils Holgersson? Aber gut, ich muss zugeben: Die letzten Songs haben durchaus Potenzial. Vielleicht nur nicht gerade von der Gruppe OIL vorgetragen.

2. TAG

Morgens, Rev

Total verspannt wache ich auf, es ist erst 5:30 Uhr. Wieso lieg ich eigentlich im eiskalten Badezimmer?

Ich scheine als Erster wach zu sein, vielleicht wegen der unbequemen Schlafstatt. Ich will mir einen Filterkaffee machen und beschließe, – Achtung Überraschung – heute Morgen die Eier für uns zu machen. Mal sehen, was dann passiert. Aber vorher lege ich mich nochmal zu Emma ins Bett. Ein, zwei Stündchen werden ja wohl gehen, bevor die anderen wach werden.

Als ich wieder aufwache und in die Küche gehe, steht Mosh am Herd und macht uns die Eier wie immer.

»Hey Rev, guten Morgen. Willst 'nen Mocca oder Filterkaffee?«

Ich trink heute Tee.

Mittags, Maurice

Von Gereon kommt heute mal wieder nichts. Hat mich morgens um 7 Uhr wach gemacht, weil er in der Küche am Rumschrobern war.

Dann ist er – noch bevor Rev und Mosh wach waren – mit einer Kanne Kaffee in seinem Zimmer verschwunden. Ab und an hörte ich Sprachfetzen aus seinen Telefonaten. Seine Stimme klang wie der heuchlerische Tonfall eines korrupten Konzern-Anwalts.

Gereon ist fast immer klamm. Und hat immer mehr Töpfe am Köcheln, als Platz auf dem Herd ist. Mir vollkommen schleierhaft, wie so ein genialer Schreiber nicht on Top of the Hill dieser Kackrepublik steht.

Vermutlich ist sie kulturell genau deshalb so eine Kackrepublik, weil Leute wie Gereon nicht am Drücker sind. So steht den Deutschen immerhin ein interessanter Untergrund zur Verfügung. Den wollen wir hier natürlich auch anzapfen. Das ganze Potenzial, das unter uns liegt, an die Oberfläche pumpen. Weil es uns gehört!

Soll die Industrie doch sehen, wie sie aus ihrem CO_2-Empire-Dilemma wieder herauskommt. Hier jedenfalls wird jetzt konsequent in Do-it-yourself-Manier weiter gefrackt.

Fracker sind wie Prepper. Nur auf sich selbst verlassen!

Und irgendwo in ihrer Nachbarschaft wohnt sicher ein durchgeknallter Reichsbürger.

Früher Nachmittag, Rev

Wir wollen langsam weitermachen, und Gereon soll jetzt mal sein Saxofon aus dem Auto holen. Ich bin mir sicher, dass er es nicht dabei hat. Wir sind uns alle sicher. Trotzdem fordern wir ihn dazu auf, und grinsen uns dabei hämisch an. Und es geschehen Zeichen und Wunder: Gereon nimmt seinen Autoschlüssel und will das Saxofon holen. Ungläubig schauen wir ihm hinterher. Es dauert allerdings viel zu lang, bis er wiederkommt. Natürlich ohne Saxofon und mit extrem langem Gesicht. Was für ein schlechter Bluff.

»Ich muss schnell zurück nach Hamburg ...«

Ne, Gereon, lass mal, ist die allgemein sehr müde Restmeinung. Sax nehmen wir dann nächstes Mal auf. Er müsse trotzdem nach Hamburg, aber nicht wegen des Saxofons. Eines seiner Kinder ist zurzeit dabei, zu einer neuen Tonya Harding zu mutieren, und er hat gerade ihre Schlittschuhe im Kofferraum gefunden, die sie wohl morgen für einen Wettbewerb braucht. Die einhellige Meinung ist, dass sie einfach andere Schlittschuhe nehmen soll, doch das scheint nicht zu gehen. Gereon muss in jedem Fall los. Man könnte vermuten, dass er das schon seit Stunden weiß und auf eine Gelegenheit gewartet hat, uns diese stimmungszerstörende Nachricht zu überbringen, aber dem ist nicht so.

Was für eine Mühle, nur damit auch ich irgendwann ein bisschen Restrente bekomme. Vorausgesetzt bis dahin läuft alles gut mit den Kindern. Toi, toi, toi.

An die Kinder der anderen hab ich mich mittlerweile gut und gern gewöhnt. Ich meine an deren Existenz. Ich muss allerdings zugeben, dass mir das anfangs recht schwerfiel. Also, als die Kinder noch neu waren. Vor etwas über 20 Jahren schossen die auf einmal wie Pilze aus dem Boden, diese Kinder von den Freunden und Kollegen. Und was soll ich sagen, erstmal haben die alles kaputt gemacht und ganze Lebensformen zerstört, wie es außerirdische Eindringlinge tun. Aliens, die ganze Populationen von Kulturschaffenden einer schrecklich grausamen Gehirnwäsche unterzogen. Alles, was man bis dahin gemeinsam verachtete, wurde nun von den sogenannten Neueltern gelebt. Verantwortung, Sauberkeit, U4-Untersuchungen usw.

Der gehasste Schweinestaat spielte auf einmal eine unheimlich große Rolle im täglichen Leben der einst Verbündeten. Dies, weil Kinder nur zur Hälfte zu den Eltern oder Großeltern gehören. Die andere Hälfte gehört eben jenem Staat. Und die Eltern gleich mit. Manche halten mich für alt und matt. Ich muss hingegen sagen dürfen, dass jene mit den Kindern lange vor mir alt geworden sind. Bei mir war es lediglich eine Art Aufholbewegung, die mich dann gleich ins mentale Rentnertum katapultiert hat.

Ich rechne es jedem hoch an, wenn er oder sie die beschriebene Entwicklung nicht freudig und verblödet beschritt. Wer dafür bezahlt und gelitten hat, der soll jetzt die Früchte genießen. Umgekehrt kann

Sachsofon

man feststellen, dass viele von denen, die die ersten Jahre des Elternseins in vollen Zügen genossen haben, damit unglaubliche Psychowracks rangezüchtet haben, und dafür blechen müssen. Um ganz ehrlich zu sein, an mir war es auch nicht gänzlich vorbeigegangen. Meine Frau hatte einen kleinen Sohn mit in die Ehe gebracht, und so habe ich immerhin einen Stiefsohn. Das finde ich am besten. Zum einen ist es eine recht kostengünstige Variante, basierend auf dem Prinzip der gegenseitigen Freiwilligkeit, zum anderen wird das persönliche Verhältnis selten durch die schwachsinnigen Anforderungen eines technokratisch, faschistoiden Erziehungssystems belastet. Ganz im Gegenteil – als Stiefvater konnte ich der ersehnte Freiraum – wie der Wind – sein und seine Schlittschuhe hätte ich ihm wahrscheinlich auch gebracht.

Wir hatten Glück, direkt nach unserem Kennenlernen und ersten Beschnuppern ein gemeinsames Interessensthema gefunden zu haben, welches die vielen Jahre bis zu seiner Pubertät ergiebig genug war. Krieg. So konnten wir jahrelang die Feldzüge des Ersten und Zweiten Weltkrieges durchdeklinieren. Vielleicht gefiel ihm auch, dass ich Bauchweh als Vorwand, die Schule zu schwänzen, für ausreichend befand. So haben wir viele gemütliche Vormittage damit verbracht, die Modellbausätze von Torpedogleitern, U-Booten oder dem Schlachtschiff Bismarck zusammenzubauen. Er bei Magen-Darm-Tee – ich bei Rotwein. Toll war auch, dass meine Frau nicht der Meinung war, man müsse sich übermäßig um das Kind kümmern – so erhielt er nämlich die Chance, ein ganz famoser junger Mann zu werden.

Gut, Gereon ist nun los, und ich schlage pflichtbewusst vor, dass wir die Zeit nutzen könnten, um schon mal ein paar Playbacks aufzunehmen. Maurice meint müde, wir sollten doch lieber auf Gereon warten. Ich bin erleichtert. Auf OIL ist Verlass, das merke ich immer mehr, und gemeinsam machen wir restlichen OILs uns mit Emma auf zu Strand und Meer.

Stöfs
Fischerei Hafen
€
Bier 2,50
Schnaps 3,-
Limo 1,80
Matjes 4,50
Bratwurst 3,50
Pommes 2,-
LIVE
BoBLOG
Kirche
18 Uhr
HUGO
Babsi
24

Ich musste los, zurück nach Hamburg. Hatte übersehen, dass meine Tochter heute ihr Eislaufturnier um 16 Uhr hat, für das sie bereits ein halbes Jahr trainiert. Da muss ich jetzt nicht unbedingt dabei sein, ich hab jedoch ihre Schlittschuhe hinten im Wagen. Dem Telefonvorwurf, warum ich denn damit an die Ostsee gefahren sei, möchte ich zuvorkommen und souverän zuhause ein »übrigens sind deine Schuhe im Auto« zwei Stunden vor dem Wettbewerb in den Raum verkünden. Wie einer, der alles im Griff hat und an alles denkt. Wie ein Typ mit Verantwortungsbewusstsein.

Natürlich ist jetzt Stau vor Hamburg. Clever nehme ich die Bordesholmer Raststätte, um mit dem Expertentrick durchzukommen. Jede Autobahnraste hat einen Zugang zu den Landstraßen. Für die bedauernswerten Geschöpfe, die dort arbeiten müssen und sich ihren kargen Lohn nicht auch noch durch Staus schmälern lassen können.

Für normale Autos sind die natürlich gesperrt. Ich fahre trotzdem ab, um so zügig nach Hamburg zu kommen. Als ich unbehelligt auf der Landstraße bin und die Raststätte hinter mir verschwindet, kurbele ich das Fenster befreit runter. Wie herrlich es ist, sein Leben immer wieder zu erweitern und auf Kante zu nähen! Nur mit Risikos, kleinen, würzenden Alltagsrisikos lässt sich dieses Seinskonstrukt ertragen!

Der warme Wind, der in die geöffneten Fenster hineinweht, bestätigt meine Freude über mich selbst. Ich nehme mir unsere Band bei Tempo 83 gedanklich vor: Wir haben zwei Typen mit Führerschein in der Band, zwei ohne. Wir haben drei Raucher in der Band, einen Nichtraucher. Drei Brillos, einen ohne Brille. Zwei Väter, zwei ohne Kinder. Drei haben Neil Young schon mal live gesehen, einem fehlte das Geld. Zwei waren mal Vegetarier, keiner je Veganer.

Was hat das alles zu bedeuten? Nichts. Ich mache mir zu viele Gedanken.

Nach dem Meer, Maurice

Der Spaziergang am Meer hat uns dreien gutgetan. Ich schlage den beiden vor, ohne Gereon weiterzumachen. Ganz ehrlich: Wer weiß, wann und ob der überhaupt wieder zurückkommt? Am Ende vergisst er zuhause seinen Computer, das fällt ihm erst auf halber Strecke auf, dann muss er nochmal nach Hamburg zurück und bleibt dort. So einer ist das. Jemand, mit dem man essen geht, und dem erst zum Nachtisch »einfällt«, dass er überhaupt kein Geld dabeihat. Andererseits ist er auch jemand, dem man seine Verpeiltheit überhaupt nicht übelnimmt. Einfach nicht übelnehmen kann. So wie diese bescheuerte Schlittschuhgeschichte. Damit würde ich auf keinen Fall durchkommen. Bei Gereon wird die einfach von allen so hingenommen. Ein entwaffnender Charakter, dieser Herr Klug. Das muss man erstmal hinbekommen, das alles so zu etablieren in seinem Umfeld.

Gereon hat uns mal erzählt, dass er in einer alten Wohnung mal eine neue Heizung hat einbauen lassen. Gasetagenheizung. Dann konnte er den Handwerker nicht bezahlen. Der spielte wiederum zufällig Saxofon und nahm Gereons teures Saxofon statt einer Geldzahlung an. Fortan spielte Gereon kein Saxofon mehr, aber wenigstens war es im Winter warm. Also »wäre« es warm gewesen. Gereon zog allerdings nach drei Monaten um, was den ganzen Deal komplett überflüssig machte. Solche Geschichten.

Wir sprechen über mögliche Songideen. Über eine mögliche Bandhymne. Zum ersten Mal beginnen wir nicht mit einer Textidee, sondern gehen musikalisch an die Sache »Song« ran. Ja, welcher Beat, welche Geschwindigkeit, welche Tonart. Gitarre verzerrt oder unverzerrt? Bass mit oder ohne Plektron gespielt? Spielt die Hi-Hat aus dem Drumcomputer Viertel- oder Achtelnoten? Fragen, die keinen Fan von Musik am Ende wirklich interessieren.

Wir entscheiden uns für ein flottes Garagen-Rock-Riff. Klingt richtig schön kaputt. Garagen-Rock ist meiner Meinung nach eh eines der schönsten Missverständnisse der Popgeschichte. In den 60er Jahren gab es unzählige Bands, die klingen wollten wie die Beatles oder Kinks. Überall auf der Welt. Die meisten von ihnen spielten trotzdem einfach zu schlecht, waren nur einfältige Nachahmer und vor allem: Sie nahmen ihre Songs unter sagenhaft schlechten klanglichen Bedingungen auf, veröffentlichten ihre Songs dennoch selbstbewusst auf Vinyl-Singles.

In den späten 70er Jahren begannen Leute, die Perlen der oft privat gepressten Singles zu sammeln und auf Samplern wie »Pebbles« oder »Nuggets« wieder zu veröffentlichen. Seither versuchen Musiker bewusst so zu klingen wie auf diesen räudigen Garagen-Aufnahmen. Künstler wie Jack White von den White Stripes gehen einem seither mit ihrem Garagen-Authentizitäts-Gehabe gehörig auf den Keks. Alt soll es klingen. Alt, edel und trotzdem kaputt. Kriegen wir mit OIL im Handumdrehen hin. Vor allem, weil wir hier wirklich unter prekären Bedingungen aufnehmen. In einer alten Försterhütte wohlgemerkt.

Ach, was heißt das schon alles? Ich mag unsere Aufnahmebedingungen. Klingt auf jeden Fall originell. Möchte jedenfalls gerade mit keinem Studio in Berlin tauschen. Und Mosh spielt wirklich einen unfassbar guten Bass.

Unterwegs, Gereon

Ich hatte mal einen Käfer und jeder, der einen Käfer hatte, weiß, dass Käferfahrer sich grüßen. Entenfahrer auch. Das war eine schöne Geste früher, die Menschlichkeit in den Straßenverkehr brachte. Heute grüßen sich nur noch Brummis, aus anderen Gründen. Ich beschließe, alle Škodas zu grüßen. Ich versuche es, aber ehrlich gesagt: Ich grüße routiniert und falsch. Zwar mit einem Lächeln, doch irgendwie nicht ehrlich. Es sind auch sauviele Škodas unterwegs. Und im Grunde ist das, was ich mache, kein Lächeln, sondern ein über ungekannte Umwege nach außen geratener Krampf von sehr weit innen.

Später Nachmittag, Mosh

Seit Gereon nicht mehr da ist, muss ich viel seltener Mocca kochen. Fiel mir vorher gar nicht so auf. Anfangs hatte er immer eine Tasse Filterkaffee in der Hand, ständig pumpte er mit diesem französischen Kaffee-Press-Pump-Glasgedöns herum, er braucht tatsächlich eine Menge Kaffee. Jetzt scheine ich ihn mit dieser neuen interessanten Angelegenheit »Mocca« angefixt zu haben. Sehr schön. Bedeutet jedoch, dass ich das nächste Mal den doppelten Efendi mitbringen muss.

Wir haben gerade eine neue Songskizze aufgenommen, was heißt Skizze, eigentlich fehlt nur noch der Text und Gesang. Es war fast wie im Proberaum. Bass, Gitarre und Drum-Machine spielten gleichzeitig. Wir improvisierten sogar rum.

Bis Gereon zurückkommt, könnte ich eigentlich noch ein paar Eier in die Pfanne hauen. Außerdem hat Rev schon eine leckere Flasche Wein geöffnet und ist schon gut dabei. Da sollte ich ihm auf jeden Fall Gesellschaft leisten. Eine komische Abstinenz, welche Rev da zelebriert. Sollte ich vielleicht auch mal versuchen. Maurice ist seit einer ganzen Weile nicht mehr sichtbar. Wahrscheinlich telefonieren.

Schon seltsam: Irgendjemand telefoniert hier immer. Außer mir, ich könnte den Knochen eigentlich auch bei Ankunft an der Rezeption abgeben. Sollte ich mir da vielleicht Sorgen machen? In Berlin werde ich im Schnitt so einmal die Woche angerufen. Meistens von der Familie oder alten Freunden aus der Heimat. Allerdings reicht mir das dann auch. Es ist ganz schön, mal Ruhe davon zu haben.

Fuck! Ich hatte vor Wochen einem befreundeten A&R bei Universal in Berlin den OIL-Titel »Frei wie der Wind« geschickt. Der Plattenfirmenmensch suchte damals händeringend Songmaterial für eine Newcomer-Band namens Geiles Pulver. Aus Mannheim. Jetzt haben sie »Frei wie der Wind« tatsächlich aufgenommen, und die Plattenfirma will den Song auch veröffentlichen.

Erstmal gute Nachrichten. Das Problem: Keiner von den anderen OILern weiß, dass ich den Song jemand anderem vorgespielt habe. Erst recht nicht einer Plattenfirma. Und, na ja, ich habe den Song nicht mal im Namen von OIL vorgespielt, sondern als Songskizze für eine neue Retortenband. Ich beschließe, den Sachverhalt zunächst für mich zu behalten. Nur weil eine große Plattenfirma heute einen Song veröffentlichen will, heißt das am Ende noch lange nicht, dass der Song tatsächlich veröffentlicht wird. Es scheitert vielleicht am Video oder daran, dass sich die Band auflöst, weil die Plattenfirma aus Gründen mangelnder Fotogenität die halbe Band auswechseln will. Vielleicht darf die Band im Studio das Stück nicht selber einspielen, sondern irgendwelche alten Studiomusiker, daraufhin fangen die jungen Musikusse an zu heulen usw. Es besteht also noch Hoffnung. Kein Mensch braucht eine Band, die Geiles Pulver heißt und am Ende dann wie Seife klingt.

Ich habe jedenfalls überhaupt keine Ahnung, wie Rev darauf reagieren wird, wenn er erfährt, dass ich einen unserer Songs an Universal verscherbelt habe. Der rückt ja nicht mal an uns Bandmitglieder die Aufnahmen raus. Hatte mir die Aufnahme heimlich von Mosh besorgt, der wiederum heimlich ein Backup von Revs Musikdateien auf einem USB-Stick gemacht hatte.

Falls der Song tatsächlich veröffentlicht werden sollte, wird hoffentlich keiner der drei anderen OILer etwas davon mitbekommen.

Na ja, könnte gutgehn, Gereon ist sowieso nur mit seiner Plattensammlung beschäftigt, Rev hört nur Oldie-Radio und Mosh besitzt ein paar wenige, ausgesuchte Platten, die er immer rauf und runter hört. Keiner von uns hört freiwillig Mainstream-Radio. Höchstens beim Friseur.

18:30 Uhr, Rev

Es ist in kürzester Zeit fast zum Zustand geworden, dass Gereon weg ist. Das drückt sich darin aus, dass Mosh und Maurice gerade einen neuen Song geschrieben haben. Natürlich noch ohne Text, so ohne Gereon. Dafür mit Titel: »We are OIL.« Sowas gefällt mir. Es hat keinerlei Gedanken, ist lediglich eine Feststellung. Für Musik sollte das reichen.

Die beiden wollen aufnehmen und das kommt mir absurd und irgendwie treulos vor, nur so zu dritt. Aber so ist OIL, auf verschlungenen Wegen auf dem Vormarsch ohne eine Ahnung zu haben, wohin es gehen könnte. Herrlich.

Wir nehmen das Playback auf. Rhythmus, dann Bass und Gitarre, die von Maurice gespielt, man müsste besser sagen, gejammt wurde. Maurice spielt jetzt oft Gitarre und Tasten und ich eigentlich nichts mehr. Ich drück nur noch den Aufnahmeknopf. Ganz schön luxuriös. Ich könnte die Gitarre auch gar nicht so spielen wie Maurice, weil ich dafür zu gut spiele. Wie oft hab ich mich schon abgemüht, bei Aufnahmen schlechter, einfacher, einfältiger zu spielen. Man kriegt es meist nicht hin und dann hängt man da mit unsexy, langweiligem Scheiß. Da ich keinen Pop mag, der ja immer möglichst perfekt sein soll, kann das ein echtes Problem sein. Hier also zum Glück nicht. Was die beiden da spielen, klingt entfernt nach Captain Beefheart, nur noch roher. Dies am Küchentisch einer Landvilla mit Meerblick hinzukriegen, während grad die Sonne untergeht – alle Achtung.

Das Schlimmste, was es gibt, ist musikalische Virtuosität gepaart mit offensichtlicher Intelligenz. Musikalische Kompetenz sollte immer durch eine gewisse Einfalt ausgeglichen sein. Und wenn man klug ist, sollte man sein Instrument dafür nicht allzu gut beherrschen. Voraussetzung für tolle Musik sind die undichten Stellen in ihr – wo immer die liegen. Diese Stelle, an der etwas eindringen kann, welches sich der Kontrolle entzieht. Quasi den ganzen Plan unterläuft, womöglich zerstört und ungeplant neu zusammensetzt. Ray Davies von den Kinks wurde immer als Rock-Intellektueller hochgehalten. Was vielleicht stimmt. Er hatte zugleich auch eine der langweiligsten, unsexy Nerd-Bands aller Zeiten. Auf die Spitze getrieben hat diesen Zusammenhang das US-Duo Ween. Unglaublich witzige Ideen und Zitate und das auf musikalisch höchstem technischen Niveau – erbärmlich wie man unter Selbstkontrolle leiden kann. Wenn die wüssten, dass sie die amerikanischen Heinz Rudolf Kunzes sind.

23 Uhr, Gereon

Ich bin wieder da. Die Sache mit Hamburg war Quatsch. Ich kam wegen einer Vollsperrung auf der B23 erst nicht weiter, und dann brauchte die Tochter die Schuhe überhaupt nicht, weil sie sich neue gekauft hatte und das schon vor Wochen. Ich wusste das nicht, denn Schuhe und Kleidung gehören nicht zu meinem Bereich innerhalb des aufs Feinste austarierten Versorgungskomplexes »Familie«.

Ich glaube, meine Band braucht mich momentan viel dringlicher als das Heim. Sie haben bereits ein Playback gebastelt. Eine eher harte Rocknummer, die einen archetypischen Rocktext braucht. Das Typischste, das es im Rock als Thema gibt, sind natürlich Frauen und Love.

Beides interessiert uns libidinös aktuell stillgelegte Männer nicht. Man selbst ist Thema! So sangen die Monks doch »We are the Monks«. Hatten also einen eigenen Trademark-Song. Von sich selbst – für sich selbst. Die ganz Guten haben das alle gemacht: »Hallo, ich bin Rocko Schamoni«, »This is Radio Clash«, »(Theme from) The Monkees« – immer nach dem Prinzip, möglichst oft den eigenen Namen in die Kunst mit einzuflechten. Später im Rap ein Standard, die reden sogar in den Strophen von sich in der dritten Person. Ob es auch Frauenbands gab, die sich selbst so feierten? Oder ist das genuin Methode »Hode«? Ich schreibe den Text »We are OIL« in handgestoppten zweieinhalb Minuten. Schreibe ihn sogar noch, als Rev ihn bereits einsingt. Eine Wahnsinnsmethode, hat es das schon mal bei einer Band gegeben? In Echtzeit schreiben und einspielen? Mit keinem störenden Gehirn dazwischen?

So gern ich den Genie-Mythossen wie Brian Wilson zuhöre, die sich alles bereits in Kleinstteilen in ihren wohlausgestatten Superhirnen ausmalten, um es dann über die überforderten ausführenden Musiker zu gießen – für uns ist das hier die Magie. Direct from Nowhere to Disc.

23:30 Uhr, Rev

Gereon ist wieder da und hat innerhalb von drei Minuten einen Text für das neue Stück geschrieben. Also zumindest den Entwurf und die ersten Zeilen dafür. Puh, und das auf Englisch. Wieso jetzt Englisch? Ach so, ich soll es singen – deshalb Englisch. Eine Hymne auf die eigene Band. Ja, so macht man das. Ich fange an einzugröhlen, zu speechen und stelle mir Lemmy Kilmister vor. Ich mag Motörhead dabei nicht mal. Und das ist ein weiterer Trick. Man sollte sich, wenn überhaupt, beim Spielen und Singen lieber jemanden vorstellen, den man nicht so mag, dessen Fan man nicht ist, um ein weiteres Leck ins Schiff zu schlagen. Während ich den Anfang singe, schreibt Gereon in Echtzeit weiter, ich geil mich an meinem eigenen Timing auf, bis wir irgendwann gemeinsam zum Ende kommen und mir durch fehlenden Atem völlig schwindelig ist. Ich geh raus, eine rauchen, geh wieder rein. Die anderen sagen mir, dass der Song fertig ist. Ok, meinetwegen die nächste Nummer. Gerne auch morgen früh erst.

Später Abend, Maurice

Nach der Aufnahme von »We are OIL« sind Gereon und Rev angeblich zu erschöpft, um weiter zu arbeiten. Stattdessen führen wir seit zwei Stunden ermüdende Formatgespräche, dafür scheint es immer zu reichen bei Gereon. Ja, in welchen Formaten soll unsere Musik eines Tages erscheinen. Vinyl, Kassette, digital? Reverend ist da komplett leidenschaftslos. Er will eigentlich nur live spielen. Keiner von den dreien verfügt über einen Streaming-Account. Sie glauben weiterhin an die Kraft unter ihrer Motorhaube – und an elektrische Gitarren. Dabei wird die kommende, junge Generation uns nach und nach den Saft abdrehen. Damit sie den ganzen Tag über in Digitalien verbringen können. In 50 Jahren geht vermutlich die Hälfte des auf diesem Planeten generierten Stroms für die Virtualitätskonstruktion drauf. Und der Kapitalismus wird in Zukunft vor allem in der Virtualität wachsen müssen. Das kapieren die jungen Leute sofort, wenn ihre Eltern den Analogkäse auftischen.

Pädagogen wollten ja unbedingt weg vom Frontalunterricht in den Schulen. Heute sitzen die jungen Menschen im freiwilligen Frontalunterricht vor YouTube. Immerhin kann man zuhause vor den Tutorials ein paar Nachos essen. Und zwischendrin unbemerkt auf den Porno-Kanal wechseln.

BLACK HOLE
WE ARE OIL

Trotz ihrer zur Schau gestellten Gestrigkeit sind meine neuen Bandkollegen übrigens keine Klimaleugner. Jeder von ihnen begreift sofort, dass wenn vier Männer zusammen in einem Raum sind, die Luft schneller dünn wird als allein zuhaus. Und dass ein Pfund Kaffee sich zu viert sichtbar schneller wegbrühen lässt. Zur drohenden Wasserknappheit hat Mosh neulich allerdings eine interessante Theorie in den Raum geworfen, die ich so noch nirgendwo gelesen hab: Wenn jeder erwachsene Mensch im Schnitt aus, sagen wir, 40 Litern Wasser besteht, und heute doppelt so viele Menschen auf diesem Planeten leben wie noch in den Siebziger Jahren, wo soll das ganze Wasser bitteschön herkommen? Wir sind Mensch gewordene Wassermassen, die sich auf diesem Planeten wegen der drohenden Wasserknappheit die Köpfe einhauen werden. Für mich eine bemerkenswerte Comiczeichner-Logik.

3. TAG

Morgens, Gereon

Bin gestern früh zu Bett und habe die anderen machen lassen. Jetzt sehe ich, dass sie beim Machen offenbar noch ziemlichen Durst hatten. Überall stehen noch ihre Bierflaschen rum, die ich wohl wegräumen muss. Nur weil ich der Erste bin.

Nichts hasse ich mehr, als Reste wegräumen müssen, weil ich in Resten nicht arbeiten kann. Herumstehendes dreckiges Geschirr macht mich solange nervös, bis ich es wegräume. Selbstredend werden die Kollegen dann sagen: »Wieso, musste ja nicht! Wir hätten das später noch gern selbst weggeräumt!«, sie rechnen dennoch ganz offensichtlich damit, dass meine Seele es nicht zulassen kann, in einer derartigen Unordnung weiter zu schaffen.

Ein perfides System aus Selbstausbeutung und Fremdbestimmung haben sie da um mich rumgesponnen. Eine Band ist in solchen Situationen nichts anderes als eine WG. Ein erbärmlichen Absprachen gehorchen müssender Hybrid aus ätzend unterschiedlichen Individuen. Ich räume innerlich kochend alles weg und spüle sogar. Das werde ich den dreien schon noch zurückgeben. Mir fällt schon was ein.

Um mich abzureagieren, setze ich mich mit einem Tee in den Garten unserer Behausung. Ja, Tee, kein Kaffee. Manchmal trinke ich auch gerne Tee, weil Tee Unabhängigkeit suggeriert. Kaffeetrinker neigen zur nervösen Hektik, wenn sie ihre Dosis nicht bekommen. Teetrinker strahlen immer eine gute Souveränität und katzenhafte feine Autonomie aus, weil es offenbar keine Teein-Suchterscheinungen gibt. Deshalb heute Tee. Ich will mich selbstbestimmt fühlen.

Bis zur Ostsee sind es von hier auf dem Berg bei Stöfs bestimmt fünf Kilometer, man kann sie in der Ferne sehen. Zwischen uns liegt weitgehend unberührtes Land: Kleine Seen, Ebenen mit Wäldchen, viel agrartechnisch nicht genutzte Wiese.

Touristisch erschlossen ist in der holsteinischen Schweiz recht wenig. Es ist der vielleicht im Westen Deutschlands unberührteste Küstenstreifen. Kaum Hotels, keine Bettenburgen, selbst Reklameschilder sieht man so gut wie nicht. Der Grund ist einfach: Die ganze Gegend hier ist in Adelshand. Und die drei Familien, die sich hier um Hohwacht mehrere Riesenhektarflächen aufteilen, sind sich wohl einig darin, die Natur hier halbwegs so zu belassen, wie sie ist.

Das ist ungeheuer beruhigend, man glaubt es nicht. Viele Zivilisationsstresspunkte sind einfach nicht vorhanden. Es gibt nur wenige Touristen, kaum Verkehr, wenig Zumutungen der Moderne.

Dass ausgerechnet der Adel mir Altlinkem ein Prinzip bietet, dass mir attraktiv und dem Sonstigen überlegen scheint, erstaunt einen vielleicht. Mich auch. Aber es ist so! Würden diese Flächen da vor meinen Augen auf dem freien Markt aufgeteilt, wären sie verschandelt, geschändet und verdorben. Ausgerechnet Privatbesitz von ausgerechnet wenigen Lackaffen rettet hier die Allgemeinheit.

Ist Adelsbesitz eventuell die bessere Variante als Kollektivbesitz? Damit auch durch Vererbung an einen – sagen wir – etwas vergnügungswilligeren Sohn zum Beispiel diese Ländereien in Gänze im Familienbesitz bleiben, haben diese Geschlechter sogar einen Passus eingebaut, der vor Parzellierung schützt. Teilverkäufe oder das Abstoßen von unrentablen Gegenden darf es laut Testament nie geben. Selbst das haben die Aristokraten bedacht. Auch keiner aus der eigenen Brut kann den Bestand schmälern.

Die Monarchie sorgt also für den Erhalt der freien Natur, indem ihr die Natur gehört. Seltsam, doch so ist es. Finde ich sympathisch. Bin ein Monarchist im Herzen.

Der Earl Grey ist inzwischen ausgetrunken. Er hat mir geistig richtig die Pferde gesattelt. Ich plane sofort einen Zweitaufguss. Man sagt ja unter Teeisten: Der erste Aufguss ist für den Feind, der zweite für den Gast und der dritte für den Freund.

Das bin ich für mich alles selbst: Feind der Monarchie, Gast der Monarchie, Freund der Monarchie.

Mittags, Maurice

Unglaublich. Gereon und Rev nähern sich in Stöfs gesellschaftspolitisch einander an. Und das ausgerechnet in der Frage der durch Adelsgeschlecht erhaltenen Landstriche. Ein klares Ja zum Adel! Von beiden Seiten. Im Interesse der Menschheit.

Es hat mich schon immer gewundert, wie Menschen ihre Alphatiere bewundern. Ihre Arbeitgeber, die angeblichen Allesmöglichmacher. Aber hier und jetzt ernsthaft zu behaupten, die Natur sei am besten durch irgendwelche alten Erbschaftsgesetze des Landadels geschützt, ist wirklich komplett absurd.

Ja, wie soll beispielsweise ein Bauer über Generationen hinweg beweisen, dass er genauso gut in der Lage wäre, ein paar Hektar Land auch ohne den landbesitzenden Adel zu hegen und zu pflegen?

Und sowieso: Welche Natur meinen die hier oben eigentlich genau? Wald und Wiesen? Ich versuche in die Diskussion die große Idee von Michel Serres einfließen zu lassen. Seine Idee vom Naturvertrag. Der Natur längst alle überfälligen notwendigen Rechte einzuräumen, um jedes Vergehen an ihr global strafbar und damit überhaupt erst juristisch verfolgbar zu machen. Halt kein Pech, wenn mal wieder ein Öltanker im Atlantik ausläuft, sondern ein schweres Verbrechen an der Natur. Dabei muss es vollkommen egal sein, wem der Tanker gehört. Oetker? Onassis? Von mir aus auch einem alten Adelsgeschlecht.

Die Natur können wir nur durch einen Vertrag mit ihr vor der skrupellosen Dummheit und Habgier der Menschheit schützen. Wie schwer sich der Mensch mit der Durchsetzung eines solchen Naturvertrags tun wird, sieht man gerade in Berlin. Dort regen sich gerade tausende Raucher auf, bloß weil sie künftig für eine weggeworfene Zigarettenkippe ein hohes Bußgeld zahlen sollen. Was sagt Rev eigentlich als guter Raucher mit starker Bußneigung dazu?

Gereon sind die Raucher in Berlin egal, weil sowieso Nichtraucher in Hamburg. Er träumt lieber weiter seinen bequemen, norddeutschen Traum vom alles für ihn regelnden Königsgeschlecht.

Nachmittags, Rev

Männer meinen immer, etwas verhandeln zu müssen. Wenn es nichts Konkretes mehr zu verhandeln gibt, muss theoretisiert werden. Müssen Gebilde erschaffen werden, die versuchen, sich irgendwie an der Realität zu orientieren. Gedanken, die diese Realität erklären, verbessern, verändern, bewerten könnten. Eine Krankheit der Neuzeit. Auch Sophisterei genannt.

Einziger Grund dafür sind eine unermessliche Selbstliebe und die Angst, sich ohne gründliche Überlegungen nicht zurechtfinden zu können. Ein Besser- oder Schlechterabwägen, damit es nicht allzu schlimm kommt. Das theoretisierende Denken ist im Grunde eine minderwertige und hilflosere Form der Astrologie. Die Bewertung dieses Sujets ist allerdings dermaßen zurechtgebogen – natürlich wieder durch Gedanken –, dass der Denkende selbst mittlerweile als etwas Großartiges gilt. Das war stets ein Zeichen für untergehende Kulturen. Denn wo sollen dann die Kartoffeln herkommen? Die kann man ja nicht einfach herdenken. Und der Mocca macht sich ja auch nicht von selbst.

Wir waren heute am kleinen Fischereihafen in Lippe. Man stellt sich tatkräftige Fischer meist eher wortkarg, cool und schweigsam vor. Vielleicht war das mal so. Mittlerweile quatschen die einem ja auch das Ohr ab. Rederitis hat meine Oma das genannt.

Der Fischer hatte uns ausführlich über die Gegebenheiten des Landstrichs informiert. Über die seit Jahrhunderten bestehenden Besitz- und Erbschaftsverhältnisse, und wie unentwickelt dadurch alles wäre. Stagnation und Trübsal würden vorherrschen. Was könnte man nicht alles aus diesem Landstrich machen, wenn man ihn entwickeln würde! Wenn man das Land doch nur an tatkräftige Menschen verteilen würde. Wenn es nicht nur drei alteingesessene Familien besäßen.

Sein ganzes Gerede brachte uns dann doch in einen gewaltigen Zwiespalt, der zurück in Stöfs natürlich erstmal genauestens betrachtet, bedacht und vor allem beredet werden wollte. Wohnend in einem riesigen Anwesen mit direktem Blick auf die Ostsee stehen wir im Garten und bereden allen Ernstes, ob das spätfeudale Modell, welches hier angeblich noch vorherrscht, die uns umgebende Natur erhalte. Ob eine Kollektivierung zur Ausschlachtung und Verhunzung derselben führen würde.

Ich komme mir vor wie in einem Monty-Python-Sketch. Oder als wären wir Figuren aus einem Douglas-Adams-Buch. Gemeinschaftliches Denken ist fast noch schlimmer als einsames Grübeln. Wirklich denken kann man erst, wenn man versucht, voraussetzungslos zu sein, was quasi nicht geht. Denn das hieße ja gottgleich zu sein. Was der Mensch ja sowieso schon lange denken muss, um sich so Denkberechtigungsscheine ausstellen zu dürfen. Wenn er sich richtig einschätzen könnte, würde er sich seiner Gedanken wegen schämen. Also dass er überhaupt welche hat.

Zu viert geht Voraussetzungslosigkeit noch weniger als allein, weil es ja dann vier Voraussetzungen gibt, die zu überwinden wären. Voraussetzungslosigkeit wiederum bedeutet, nichts zu haben, worauf man zurückgreifen könnte. Kein Heim, kein Haus, keinen Besitz.

Nichts, was man nicht mit sich herumtragen könnte. Nomade müsste man sein, um denken zu können. Und für die wäre diese Diskussion komplett unverständlich.

Land kann man nicht besitzen, wie soll das gehen? Das wäre ein voraussetzungsloser Gedanke. Man kann höchstens mit Gewalt, Zäunen und Gesetzen andere davon abhalten, bestimmtes Land oder bestimmte Wasserflächen zu betreten, zu befahren oder zu nutzen. Besitz schafft immer Voraussetzungen und macht somit dumm. Dumm, weil das Denken immer nur noch um die Voraussetzung »Besitz« kreisen kann: Wie verteile ich ihn, was ist gerecht, was ist nützlich? Karl Marx – was für ein Idiot, weiß nur kaum einer.

Natürlich hatte der Fischer nach seinem Vortrag noch über Fangquoten und Befahrensverbote gejammert. Das könnten wir später am Abend ja nochmal gemeinsam reflektieren und die Freiheit des Fischers gegen den Tod aller Fische setzen. Könnte knifflig werden.

Abends, Gereon

Abends gestatte ich mir immer einen klaren Blick in den inneren Thorax meiner Band. Heute bietet sich folgendes Bild: Maurice hängt wieder am Handy, hinten im Flur, während Mosh am Sofa vor sich hin basst und Rev am Küchentisch an seiner Technik was für das nächste Stück einstellt. Diese Situation hatten wir schon dutzendfach, schätze ich.

Maurice ist eindeutig der modernste bei uns. Er muss sich als Labelbesitzer mit der Moderne mehr beschäftigen, als ihm lieb ist. Er benutzt am Telefon Begriffe, die nichts mit Kunst zu tun haben, sondern nur mit Markt. Als er mich einmal aufforderte, mir irgendeinen Song im Netz anzuhören, entfuhr mir der Satz: »Ich habe in meinem Leben vielleicht einen einzigen Song gestreamt!«

Der dumme oder schlaue Rhetorikprofessor Walter Jens hat mal einen ähnlichen Satz gesagt, über den ich seit 25 Jahren lache. Befragt nach seinem Umgang mit Alkohol sagte er den goldenen Satz: »Ich habe in meinem Leben vielleicht eine Flasche Bier getrunken!«

Genial. Was dieses »vielleicht« wohl bedeutet. Dass er es nicht mehr weiß? Wegen des Bieres? Oder dass er es nicht ausgetrunken hat? Oder dass er eventuell kein Bier trank, sondern was anderes?

Sagenhaft ungenau, der Herr Rhetorik-Professor! Trotz und deswegen ein toller Satz. Vielleicht der schönste Satz, den ich in meinem Leben hörte. Als schönster Satz in der deutschen Literatur gewählt worden ist ja der Satz: »Ilsebill salzte nach.« Find ich auch nicht schlecht. Obwohl er von der Ratte Günter Grass ist.

Rev brauche ich mit so einem bildungsbürgerlichen Kram nicht kommen. Ob es für ihn »schönste Sätze« gibt? Er mag ja Worte. Ein anderer Lieblingssatz von mir ist: »Sie kackte.« Aber der gefällt ihm wahrscheinlich auch nicht.

Konzentriert schiebt er am Laptop was rum. Er sieht sehr alt aus mit seiner Brille, die er aufsetzen muss, wenn er auf den Bildschirm starrt. Konzentration macht alt. Ich sehe, er hat auch Ohrhaare. Nicht die im Ohr, sondern oben auf beiden Ohren. Ziemlich lange graue Haare. Ein erstaunliches Aussehen. Merkwürdig. Fast außerirdisch. Jedenfalls weltenunabhängig. Ich habe viel Zeit, ihn mir anzusehen, weil er sich oft nicht bewegt oder zumindest nur in einem Tempo, bei dem selbst meine müden Augen mitkommen.

Superalt ist auch sein Gang. Er verschränkt die Arme hinten und läuft in Müßiggang-Tempo die Straße hinab. Wie ein Hundebesitzer. Ist er ja auch.

Man sagt, man merke, dass man alt ist, wenn das Feuchte am Körper langsam trocken wird und das ehemals Trockene feucht. Auch wieder ein Satz, der nicht schön ist, aber leider sehr wahr.

Der Fleiß in der Band ist mir überlassen und das, obwohl ich mich selbst eigentlich für faul halte. Mir wurde mehrfach von verschiedenen Seiten eindringlich gesagt, dass das totaler Quatsch wäre; also das mit der Faulheit. Mir hingegen scheint das, eins meiner Probleme zu sein. Trotz aller Arroganz und Überheblichkeit halte ich mich ständig für unzulänglich.

In jedem Fall muss ich nach und vor den Aufnahmen, wenn die anderen frei haben und dann kreativ oder berechtigt faul sein können, in meinem Rechner die Aufnahmen koordinieren, schneiden, schon mal hörbar machen und verwalten. Damit gehen viel Zeit und Mühe drauf.

Gereon ist, insbesondere wenn ich unter Kopfhörern schneiden muss, der Rücksichtsloseste von den dreien. Wir haben nun mal nur diesen einen Raum und diesen einen Tisch. Er dagegen hat keinerlei Probleme damit, während ich mir übermüdet einen letzten Rest Konzentration abringe, das Netzkabel aus meinem Rechner zu ziehen, um es an seinen zu stecken, irgendwelche Musik abzufeuern, so dass ich definitiv nicht weiter arbeiten kann, oder irgendwas anderes am Tisch zu machen, das mir die blöde und freudlose, gleichwohl notwendige Arbeit unmöglich macht. Erniedrigend, wenn man etwas tut, was sonst Assistenten übernehmen müssen, und dabei noch behindert wird.

Um nicht genervt davon zu sein, schiebe ich es auf seine mangelnde Erfahrung im Musik-Produktionsprozess und Alkoholkonsum. Manchmal steht er in irgendeinem Türrahmen in meinem Rücken und starrt. Das ist noch viel unangenehmer. Was er dabei wohl denkt? Vielleicht, wie lange der Rev es wohl noch macht oder so. Man muss wissen, dass Gereon allen Ernstes glaubt, noch jung zu sein und sich dementsprechend benehmen zu müssen. Irre. Alles muss so wie in einer Studenten-WG sein. Er müsste doch eigentlich wissen, dass er dabei ist, in eine Lebensphase zu treten, in der das Großvaterwerden als Option längst an die Tür geklopft hat.

Mich hat das ja unversehens erwischt. Mein Stiefsohn hat nun eine Freundin, die wiederum einen sechsjährigen Sohn mit in die Beziehung gebracht hat. Als ich den Jungen das erste Mal traf, wurde mir schwummrig. Mein Sohn ist nun auch eine Art Stiefvater. Und ich dadurch in der Opa-Generation.

Vielleicht muss Gereon deshalb meine Unvitalität auskosten, um sich diesen Irrglauben des Jungseins zu beweisen. Vielleicht schreibt er deshalb auch ständig Nachrufe auf verstorbene Künstler. Auf Facebook! Aber wie ich schon einmal schrieb, ich behaupte nun schon seit über 30 Jahren, unvital zu sein, ähnlich wie ich behaupte, nur Blues zu hören. Menschliche Vitalität hat uns schließlich die Vernichtung dieser Welt beschert und gehört auf den Scheiterhaufen der Scham. Ich möchte damit wirklich nicht in Verbindung gebracht werden.

Die Irrung, noch jung zu sein, drückt sich bei Gereon im nicht fertig Pubertierten, im Schlüpfrigen aus. Eines seiner Hauptthemen sind Körpersäfte. Pippi, Kacka und so fort. Vielleicht muss das auch als Gegenpol herhalten – für die Unlebendigkeit des Sammlers, der er ist.

Sammler bauen sich mit ihren Sammlungen schließlich stets ein Grabmal, ähnlich wie die Pharaonen sich Pyramiden gebaut haben. Nur, dass der Sammler sich schon bei lebendigem Leib darin einmauert. Sammler wissen das selbstverständlich nicht. Sie sind lediglich bewegt durch tote Materie. Und dadurch, dass sie diese ständig neu ordnen oder anders aufstellen, wird die nicht lebendiger. Kuratoren – also Sammlungsordner – glauben mittlerweile tatsächlich, sie würden mit ihrer Tätigkeit etwas Neues erschaffen und in die Welt bringen. In Wirklichkeit sind sie nur Verwerter von längst Geschaffenem. Eine Art Wiederkäuer.

Die Frage, was zuerst da war, Henne oder Ei, lässt sich im Bereich der Künste sehr einfach beantworten. Ohne Bild keine Galerie und kein Museum. Ohne Text und Lied kein Verleger. Menschen in Verlagen, Galerien und Plattenfirmen müssen das ständig vergessen, da sie sonst keine Rechtfertigung für den Machtmissbrauch am Künstler finden würden. »Ich mach das alles erst möglich«, reden sie sich ein. Nein, die vitale Potenz des Künstlers macht dich erst möglich, du Arsch.

Ich weiß, dass man mir innerhalb der Gruppe OIL viel Toleranz entgegenbringt. Also nehme auch ich es gelassen, so von hinten betrachtet zu werden. Auch wenn der Betrachter sich wahrscheinlich und unangenehmerweise fragt, ob die Darmtätigkeit in meinem hohen Alter noch geschmeidig ist.

4. TAG

Abreise vormittags, Maurice

Ein Glück, dass Gereon für die kurze Zeit aus Hamburg zurückgekommen ist. Heute geht es für ihn ja auch schon wieder zurück. Keine Ahnung, wie er das seiner Familie beigebracht hat, nochmal zu uns zurückzukehren. Am Morgen hat jedenfalls der Typ von Universal nochmal angerufen. Es wird wohl doch konkreter mit der Single-Veröffentlichung von »Frei wie der Wind«. Schon nächsten Monat soll der Song erscheinen. Ich habe mich dazu entschlossen, mich als alleinigen Urheber des Songs auszugeben. Die anderen also nicht erst zu fragen. Ich werde die Band dazu überreden, »Frei wie der Wind« auf keinen Fall als OIL-Song zu veröffentlichen. Sonst gäbe es für mich Probleme mit der GEMA. Weil der gleiche Song schon mal angemeldet wurde. Mit mir als Texter und Komponisten.

Mosh hatte eh große Probleme mit dem Song. War ihm von Anfang an viel zu schlagermäßig. Da hatte er wohl den richtigen Riecher. Für Universal Music ganz offenbar schlagermäßig genug.

Ich kenne einen A&R bei Warner Music, für den ist es tatsächlich ein Erfolgsindikator, wenn ihm eine Band nicht gefällt. Er selbst hört nur Soul-Musik und Boogaloo aus dem letzten Jahrhundert. Mit Pop-Musik will er privat nichts zu tun haben. Schön, wenn es Menschen heute noch gelingt, das Berufliche und Private so streng voneinander zu trennen.

Die Abreise ist eigentlich erst in ein paar Stunden, aber die Stimmung ist schon zerfasert und unkonzentriert. Welchen Zug nehmen wir von Altona, wann müssen wir hier los etc.? Ich kann nicht mit den beiden Berlinern fahren, denn ich bleibe mal wieder hier. Muss daher nicht packen, mich um irgendwas kümmern, außer nachher beim Supermarkt Vorräte zu besorgen. Ich mag dieses Nichtmitwegfahren.

Was manchmal so traurig ist, ist gleichzeitig auch gehöriger Luxus. Diesmal allerdings nicht, denn ich warte auf weiteren Arbeitsbesuch. Tatsächlich arbeite ich manchmal auch an anderen Dingen als nur an OIL. Auch wenn es mir selbst oft schwerfällt, das zu glauben. Aus der Musikbutze wird so eine Schreibwerkstatt werden.

Eigentlich mit sehr ähnlicher Arbeitsweise wie bei OIL, nur noch verknappter. Für die komplette Handlung einer Serienstaffel braucht man eigentlich nicht mehr als drei bis vier halbe Tage. Trägheit und schlechtes Zeitmanagement machen nämlich äußerst effektiv, nur dass das kaum einer glauben will. Während die anderen für die Abfahrt rumrödeln, gehe ich ins Netz und sehe, dass Gereon sich gestern in seiner Abwesenheit auch recht viel Zeit gelassen hat. Mehrere Stunden hat er offensichtlich irgendwo in sozialen Netzwerken verbracht. Gags, Ankündigungen, Antworten auf Gegengags, Einladungen annehmen, Likes verteilen. Alles feinsäuberlich dokumentiert in den Timelines. Wenn man die Timelines genau studiert, kann man versuchen, sich in die Hirnwindungen der jeweiligen Teilnehmer zu begeben. Wie lang hat die oder der für diese und jene Antwort gebraucht. Eine Bekannte von mir ist so der Untreue ihres Freundes auf die Schliche gekommen.

Gereon macht manchmal etwas viel Schlimmeres. Er verrät gute Musik in den sozialen Netzwerken. Ich sag hier nicht welche, denn mir ist Verrat an guter Musik fremd. Musik, ganz besonders die gute, nutzt sich durch zu viele Liebhaber leider schnell ab und Perlen darf man laut Jesus Christus nicht vor Säue werfen.

So mit zwölf, dreizehn Jahren hatte ich das Glück, geheime Plattentipps zu bekommen, und war so nicht nur auf den Schulhofaustausch angewiesen. Ich hing oft in einem Teeladen namens Tagtraumtee herum, der direkt im Souterrain unter dem Plattengeschäft Michelle Records lag. Da haben so Hamburger Edelfreaks gearbeitet. Das waren eher Côte-d'Azur- als Indien-Fahrer. Mehr Geklauter-Champagner-Trinker als Yogi-Tee-Schlürfer.

Vor allem Astrid, die heutige Wirtin vom Marinehof, nahm mich unter ihre Fittiche. Ich verschlang die jeweils neue Folge von der Geschichte der Christiane F. im Stern, der da immer rumlag, und sie ermahnte mich, mit dem Heroin noch ein paar Jahre zu warten. Kiffen und Alkohol würden fürs Erste doch reichen. Und da sie mir vor allem unglaublich gute Geheimplattentipps gab, befolgte ich ihren Rat. Diese Tipps führten mich in völlig ungeahnte Sphären abgefahrenster Musik und niemals wär ich auf die Idee gekommen, irgendjemandem davon zu erzählen. Was für eine ungeile Vorstellung, dass die in der Kirchenkeller-Teestubendisko gelaufen wäre. Oder auf der Kompaktanlage von Marko Bossners Eltern. Nee, die in der Teestube sollten mal schön weiter Jethro Tull, Police, Supertramp und Stiff Little Fingers hören. Und zwar in genau dieser Reihenfolge.

Es gab zu der Zeit auch so Schallplattenläden in Hamburg, Unterm Durchschnitt oder Rip Off, da konnte längst nicht jeder einfach so was kaufen. Es konnte einem schon passieren, dass man sich im Unterm Durchschnitt eine Kassette ausgesucht hat, bezahlen wollte und Besitzer Uli Rehberg einen komplett ignoriert oder auch rausgeschmissen hat, wenn er einen nicht für würdig erachtete. Im Rip Off saß manchmal eine Wasserstoffblonde an der Kasse, von der wusste man, dass sie eine Affäre mit Jello Biafra hatte. Die hat einem gerne die gewählte Schallplatte aus der Hand genommen und gesagt: »Ey, das ist nix für dich. Geh mal woanders hin, du nervst mich.« Herrlich. Kein Schwein, das cool sein wollte, wäre auf die Idee gekommen, integrative Kräfte oder Gemeinsamkeit in der Musik zu suchen. Es ging einzig und allein um Ab- und Ausgrenzung. Abgrenzung von einer als boshaft und eklig empfundenen Gesellschaft und Welt. Und jeder einzelne war höchstverdächtig noch Teil von dieser zu sein. Mit das Schlimmste, womit man sich dieser Inquisition verdächtig machen konnte, war, wenn rauskam, dass man Eltern oder sowas hatte und die noch nicht umgebracht hatte.

Auch auf den Konzerten in der Markthalle hat man diejenigen im Publikum, die man nicht kannte, als Konkurrenten und potentielle Feinde empfunden. Es gab ja auch immer Schlägereien, wenn sich bestimmte Publikumsgruppen bei Bands überschnitten. Die Meteors waren so ein Fall. Da gingen Punks, Skins und Teddyboys hin. Vor der Tür haben die sich erstmal ordentlich aufs Maul gehauen, dumm wie sie waren.

Viele Konzerte waren auch immer von Hundertschaften Polizei begleitet. Dementsprechend schlecht gelaunt waren die Konzerte. Man hat sich ja nicht ehrfürchtig auf die Bands gefreut. Die sollten da Leistung fürs Geld erbringen und Schau machen. Das war auch überall bekannt, dass in Hamburg Spielen richtig hartes Brot ist, und es gab ja auch manchmal Keilereien zwischen Bands und Publikum.

Irgendwann geisterte mal die Idee durch OIL, ob wir unsere Musik bei ZickZack von Alfred Hilsberg rausbringen wollen. Ha, meinetwegen sofort. Alfred war damals das Beste, was an Arroganz und schlechter Laune rumstand. Gehen hab ich ihn nie gesehen. Das wäre wahrscheinlich auch uncool gewesen.

Ich weiß, dass es in kleinen Städten anders sein musste. Da war man vielleicht total froh, wenn es irgendwo Gleichgesinnte gab. Vielleicht gibt es da auch zu wenig Menschen, als dass man auf die Idee kommen könnte, die Avantgarde der Avantgarde der Avantgarde zu sein. Keine Ahnung, auf jeden Fall will ich versuchen, Gereon seine Musikpostings nicht allzu übel zu nehmen. Ich wurde auch schon vorsichtig darauf vorbereitet, dass OIL wohl auch irgendwann bei Facebook oder so sein wird. Herrje, die jungen Leut werden schon wissen, wie es geht. Ich in jedem Fall nicht.

Nun ist der Škoda schon gepackt und Maurice drängt zur Abfahrt, weil sie dann einen Zug früher in Altona erwischen könnten. Schade, ich hätte gern noch einen Mocca mit den Jungs getrunken. Aber da knirscht der Wagen auch schon vom Hof, und ich winke hinterher – ich heiß ja nicht Alfred Hilsberg.

III. HEIDMOOR II

Heidmoor ist immer noch eine Gemeinde im äußersten Südwesten des Kreises Segeberg in Schleswig-Holstein. Das heutige Gemeindegebiet besteht immer noch seit 1951. Bevölkerungsdichte 18 Einwohner je km^2. Die Gruppe OIL ist wieder vor Ort.

1. TAG

Fahrt, Gereon

Fahre direkt vom Arzt nach Ostholstein. Habe in letzter Zeit öfter mal Schwierigkeiten in der Mitte meines Körpers. Beziehungsweise Schwierigkeiten, das rechte Maß an Alkohol einzunehmen. Außerdem mag ich es, ab und zu eine schulmedizinische Fachmeinung anzuhören.

Ich habe natürlich in meiner Umgebung sehr viele Experten, was neue Krankheiten, Unverträglichkeiten oder andere spannende gesundheitliche Fragen angeht, aber die habe ich schon konsultiert.

Das Netz meiner Fachmänner (es sind selbstverfreilich nur Männer) ist eng und wertig. Man kann es jederzeit, also auch nachts und unter panischen Wahrnehmungsstörungen, belasten. Wacht man auf und hat das glasklare Gefühl, zu sterben oder mindestens unheilbar dem Ende entgegen zu siechen, reichen zwei, drei SMS, um ausführliche Expertisen, Vergleichsfälle und Tipps aus dem näheren wie weiteren Umfeld zu bekommen. Dann übersteht man die Nacht.

Weiterer Vorteil: Gleich am nächsten Morgen folgen zahlreiche sorgenvolle Fragen wie auch Bitten, die Arztbesuche und die neuen Diagnosen und Krankheitsmöglichkeiten en detail zu schildern. So entsteht ein ungeheueres Fachwissen in unseren Kreisen, das man auch anzapfen kann, wenn man gerade in Mexiko-Stadt als DJ auflegt oder auf Tour ist in Österreich.

Ärzte werden intern auch sehr gern weiterempfohlen. Ich war heute bei einem neuen, der mir von einem meiner Krankheitsfreunde als »sehr guter Ausschlussarzt« empfohlen wurde. Dr. Hinderthür, ein modern trainierter Typ, ein alerter Sportmediziner in der Innenstadt.

Ausschlussärzte sind Ärzte, die jede erstmal naheliegende Krankheit trennscharf ausschließen, um sich dann zum wahren, am besten seltenen Kern vorzuarbeiten. Der Vorteil dabei ist, dass man auch interessante Krankheiten kennenlernt, ohne sie zu haben.

Dr. Hinderthür vermutet bei mir eine sogenannte Histamin-Unverträglichkeit. Selten, langwierig, aber behandelbar. Geht also kaum besser. Ich werde das nachher mal in die Runde smsen und mir die verdienten Props abholen.

Im Moment fühle ich mich aber ja eh gut, wenn nicht gar spitze. Eine neue Session mit meinem Lieblingsfeind, meiner Lieblingsband! In Heidmoor, where OIL was born! Das letzte Mal in Stöfs ging es ja irgendwie hektisch zu Ende. Nehme mir diesmal vor, einen buddhistischen Akzent in das Gruppengefüge zu tupfen. Ich finde ja, mit einer soeben ärztlich bestätigten seltenen Krankheit ausgestattet, meine innere Ruhe recht schnell und übertrage sie auf die drei immer gestressten Kollegen – das ist die Idee.

Nicht einmal dieser verdammte Stau dahinten wird mich davon abbringen.

11:30 Uhr, Maurice

Schon um 9 Uhr rief mich dieser Typ von Universal an. Verlief extrem unangenehm das Gespräch im Auto in Anwesenheit von Rev und Mosh. Der Typ schwafelte etwas von Black Rock. So soll das Album der Band Geiles Pulver heißen und er fragte, ob ich nicht noch mehr Songs für ihn habe.

Ich nur: »Ähm, also Black Rock?«

Er: »Ja, weißt du, natürlich Black Rock wegen der US-amerikanischen Fondsgesellschaft, und natürlich wegen des Pulvers und des Rocks, kapierst du?!«

Hihi. Nee klar, das finden kleine A&Rs bei Majorplattenfirmen immer besonders subversiv, wenn Anspielungen auf Drogen vorkommen in ihren langweiligen Produkten. Weil sie ja selbst so gerne auf den Partys mit aufs Klo gehen.

Ich erzähle Mosh und Rev nach dem Telefonat ablenkend, dass ich es eine Unverschämtheit finde, dass dieser Herr Fox seine Firma tatsächlich Black Rock getauft hat. Und ausgerechnet denen gehört jetzt auf dem Finanzmarkt die halbe Welt. Mit Black Rock assoziiere ich als weißes Popperschwein natürlich erstmal Jimi Hendrix, Funkadelic, Thin Lizzy, die spät entdeckten Death oder die wundervolle Betty Davis. Aber doch keine Investmentscheiße. Da habe ich sofort den richtigen Nerv getroffen bei den beiden. Sie reden wie auf Knopfdruck vom skrupellosen Globalkapitalismus, von der Gentrifizierung in den Metropolen und von Waffengeschäften mit Schurkenstaaten. Mit unseren Rentenkassen.

Ich nicke verständnisvoll und gehe in mir das bisherige Repertoire der Band OIL durch. Lasst mal einen Kaffee holen an der nächsten Tanke, Jungs!

Vormittags, Rev

Nun ist das dritte oder eben magische und nur mir bekannte vierte Treffen der Gruppe OIL. Ist das jetzt eine Band? Ich hab Bandängste. »Was hat er denn nur?«, wird sich der ein oder andere vielleicht fragen. Der Rev hat doch sein Leben lang in irgendwelchen Bands gespielt. Pustekuchen! Meine letzte richtige Band ist 33 Jahre her. Und das war auch keine richtige Band, sondern nur ich mit zwei Begleitern. So Lokalmatadorenscheiß.

Klassisch aufgelöst während der ersten richtigen Studioaufnahmen mit wichtigem Produzent und allem Pipapo. Das ganze Dilemma, womit sich andere jahrelang rumquälen, innerhalb weniger Tage erledigt. Menschliche Enttäuschungen, Verzweifeln am Unvermögen des Drummers, Verrat usw. Danach war ich geheilt und nie, nie wieder ein richtiges Bandmitglied. Ich wusste auch, warum. Diese Art Zusammenschluss junger Männer fand ich von jeher belastend. Dieses Gemeinsametwaswollen, dieses Aufeinandereingeschworensein, gegen die eigenen Freundinnen, gegen die Welt und was weiß ich nicht alles – grauenhaft. Unheilsam aneinander gekettete Wichte.

Tatsächlich hab ich immer nur irgendwelche unverbindlichen Projekte gemacht oder irgendwo mitgespielt. Also angeheuert als sogenannter Sideman für Bands oder Solohasen. Als krankhafter Egozentriker kann man nicht gut ein Bandmitglied sein. Außer vielleicht als Sänger, der irgendwann die Gemeinschaft verraten muss.

Eigentlich müsste ich im Nachhinein Entschuldigungsbriefe schreiben, weil ich auf eine Art doppelt abkassiert habe. Ich wollte auf die Bühne. Und da kam mir die ein oder andere Band gerade recht, wenn die mich unbedingt haben wollten und auch noch bezahlen konnten. Sie konnten vorher natürlich nicht wissen, dass ich mich damals noch für das Zentrum des Universums hielt und ihre jeweilige Existenz samt Talent allerhöchstens als Satelliten betrachtete, die um mich zu kreisen hatten. Dies besonders auf der Bühne.

Nicht ich begleitete eine Band, sondern die jeweilige Band war die nötige für meine Auftritte. Man kann sich vorstellen, was solch ein Missverständnis alles auslösen kann. Nun war es aber so, dass eine solch massive Exzentrik beim Publikum oft großen Gefallen fand und mich immer weiter in diesem, sagen wir mal, Irrtum bestärkte. Und vielleicht, weil das so gut ankam, wurde ich meist erst nach vielen Jahren gefeuert.

Am schlimmsten hat es wahrscheinlich den ehemaligen Sänger der

Go-Betweens Robert Forster getroffen. Ich weiß überhaupt nicht, wie man auf die komplett schwachsinnige Idee kam, mich für seine erste Solo-Europatour zu engagieren. Wir hatten zwar zwei Wochen vorher geprobt, und das Missverständnis hätte da eigentlich deutlich werden müssen. Aber wir konnten ja nicht miteinander reden, da ich kein Englisch spreche und er immer so tut, als könne er kein Deutsch.

Ich hatte auch nur vage Ahnungen von gediegener Singer-Songwriter-Unterhaltung, wie Robert sie sich wünschte. Nach dem Auftaktkonzert war allerdings klar, dass es ein Problem gab, dass da hieß: Reverend. Ich fand das gar nicht so schlimm und wollte am nächsten Tag einfach nach Hause reisen. Ohne jeglichen Groll oder jegliche Enttäuschung. Es passte nicht, war ein Missverständnis und das ist nicht schlimm. Die anderen Bandpeople hielten mich allerdings davon ab: »Mach doch einfach zwei, drei Konzerte ein bisschen ruhiger und dann kannst du wieder aufdrehen«, waren ihre Worte. Aha, so läuft das also. Ich schäm mich bis heute, dass ich mich auf so eine Taktiererei eingelassen habe. Nach drei Konzerten gings dann wieder los, und spätestens wenn wir Grant Harts »2541« spielten, haben der Schlagzeuger und ich das Konzert übernommen. So wie wir es Jahre vorher schon bei Dorau immer gemacht hatten.

Blöderweise eben mit der Folge, dass das Publikum stets komplett ausrastete. Robert ist das natürlich nicht entgangen und er hat sich dann doch in die Rocktierorgie integriert. Ich hoffe, er hat davon nicht einen Schaden bekommen. Man muss wissen, dass nicht nur angeheuerte Sidemänner korrupte Huren sind. Frontmänner und Solokünstler sind dies meist im ganz Besonderen.

Also, das Modell »Band« scheidet für mich seit Ewigkeiten aus. Und nun? Herrje, ich versuch mich zu beruhigen. Diese Band wird ja wohl für niemanden hier so etwas wie Therapiestätte oder Lebensinhalt werden. Die haben doch hoffentlich alle noch ein richtiges Leben. Bei Mosh weiß ich das nicht, aber zum Glück hat er mich noch nie in Berlin angerufen und gefragt, ob wir mal irgendwo ein Bier trinken wollen. Gutes Zeichen. Maurice und Gereon sind ansonsten vielbeschäftigt und haben dazu Familien, die bespaßt werden wollen. Familien sind doch hoffentlich Lebensinhalt genug, um von diesen fiesen Bandbedürfnissen abzulenken. Bei Licht besehen bin ich eigentlich der einzige, der wirklich eine Band bräuchte.

Ich dachte immer, wir hätten OIL für Gereon gegründet. Aber vielleicht haben sie OIL nur für mich gegründet. Ein Masterplan als Lebenshilfe für den partiell runtergekommenen Rev. Was für eine entsetzliche Vorstellung. Vielleicht hat Gereons Frau irgendwann mal abends gesagt: »Könnt ihr nicht eine Band mit Rev gründen? Das täte ihm sicher gut.« Ich schreie innerlich vor Wut über diesen entwürdigenden Umstand.

Ich habe einen Lieblingsmusiker. Allerdings nicht aus musikalischen Gründen. Er ist mir ganz und gar in menschlicher Hinsicht ein Vorbild: Ginger Baker. Der hat seinen Bassisten bei den Proben berechtigt öfter gehauen. An ihn denke ich jetzt, wenn ich zu den anderen rübergehe. Ich schwöre, die Kanaillen heute richtig gepflegt durch die Aufnahmen zu peitschen.

Mittags, Maurice

Ich finde es übrigens vollkommen unzeitgemäß, übertrieben und eigentlich auch zu teuer, dass wir zu OIL-Sessions immer mit zwei Autos anreisen. Die Berlin- und die Hamburggruppe. Die Hamburggruppe besteht eigentlich nur aus Gereon. Wobei: Mosh und ich sind auch schon mal mit dem Zug nach Hamburg gefahren. Und von dort hat Gereon uns dann mitgenommen. Vom Bahnhof Altona. Dafür fuhr Rev damals allein mit Emma nach Heidmoor.

Zwischendrin fahren Gereon und auch Rev bei unseren Sessions einfach mal weg. Irgendwohin. Das hat mein Vater auch immer so gemacht. Rev kann es wenigstens Zigarettenholen nennen, Gereon fehlen dagegen Argumente. Er ist schon mal alleine zum Supermarkt im Nachbardorf gefahren. Angeblich wegen des WLANS im Supermarktcafé. Eine längst überfällige Mietüberweisung tätigen. Ich denke, in Wirklichkeit fahren sie beide einfach ein paar Kilometer weit weg und dann einfach rechts ran. Ausruhen. Fluchtreflexe. So eine Band fordert einem sozial alles ab.

Freue mich natürlich trotzdem auf die Songs, die hier mit ihnen weiter entstehen werden! Die Ängste gilt es in unsere Songs zu bannen. Haben uns eben zusammen »Derogation« vom letzten Mal angehört. Musste ich zuhause erstmal im Internet nachblättern, die Bedeutung des Titels. Steht lateinisch für »Abschaffen«. Erst hatte ich versehentlich »Degoration« gegoogelt. Das meint das »Entfernen der Hefe im Champagner nach der Flaschengärung«. Hätte ich auch ganz gut gefunden.

Mittags, Mosh

Ach, wie schön ist Heidmoor. Bei unserer zweiten Ankunft hier in Heidmoor habe ich das Gefühl, wir wären Figuren in einer Janosch-Zeichnung, eine für Erwachsene, oder besser noch: eine Janosch-Welt gezeichnet von Édika. Eigentlich ist es so, als ob sich fünf Freunde zu einem Huckleberry Finn-Wochenende treffen, bei dem auch nebenbei noch herrliche Musik aus den verkalkten Ärmeln geschüttelt wird.

Ich freue mich schon auf die erste diesmalige gemeinsame Einkaufstour. Wir sollten vor dem Aufbauen unbedingt die kulinarische Zusammenstellung der nächsten Tage planen. Meiner Meinung nach die wichtigste Entscheidung, welche wir hier treffen müssen. Um die musikalischen Ergüsse, die wir hier ausschütten wollen, mache ich mir keine Sorgen. Wir haben Strom aus der Steckdose und aus unseren Herzen oder aus unseren Bäuchen oder aus unseren Ärschen.

Bis jetzt kamen noch bei jedem Treffen drei Lieder zustande. Ok, einige werden auch aussortiert oder verschwinden einfach in der Nichtexistenz, aus welcher sie einmal hervorgekrochen kamen. Bei manchen stört es mich auch gar nicht.

Zum Beispiel hat sich dieses Lied »Frei wie der Wind« offenbar einfach in die Welt der Antimaterie verabschiedet und sich somit unserem Zugriff entschlichen. War mir eh zu poppig, zu schlagermäßig. Auf jeden Fall hat es mich nicht bei den Eiern gepackt, geschweige denn an Eiern-mit-Sucuk.

2. TAG

Mittags, Gereon

Ich muss mal austreten. Nicht harnlassend, sondern kopfbefreiend. Es wird mir grad etwas zu viel. Ständig redet diese Band über sich, über andere Bands, wie das wohl damals bei der Band und der Band war, als die das und das aufnahmen, wie das für uns sein wird, ob bei uns schon diese Bandmechanismen greifen, wer bei uns die Rollen des Lennon, des Ozzy, des Pete, des Ginger, des sechsten Beatle, des fünften Four Top, des Irren, des Lebemanns, des stillen Genies, der lauten Frontsau usw. geben wird.

Na gut, das war jetzt etwas übertrieben, aber im Prinzip wird bei OIL in hübscher Theorie schon vorab besprochen, was in der hässlichen Zukunft liegt. Und das, obwohl wir erst ein paar Stücke aufgenommen haben.

Sagenhaft. Aber auch ermüdend. Warum haben Typen so enorme Lust, sich über sowas zu unterhalten? Machen andere Menschen das auch? Ich dachte, in eine Gruppe hineingeboren worden zu sein, die mich davon befreit, doch es ist eher das Gegenteil.

Dabei habe ich doch zuhause in schlaflosen Nächten eh schon nichts anderes zu tun als mich mit mikrotektonischen Verschiebungen in Bandgefügen zwischen der zweiten Platte und der dritten EP 1974 von irgendeiner Minderheitenband zu beschäftigen, dies mir schön argumentativ in lückenloser Beweiskette mittels Songs und Solos und Mischungen und Anekdoten hinzulegen – und niemandem zu erzählen. Wer soll sowas schon wissen wollen? Niemand. Das ist natürlich die Krux bei Vollnerdism.

Über die einsamen Jahre der Musikbeschäftigung habe ich – natürlich dank des Internets – meine gültige Methode entwickelt, ein umfassendes, aber auch zielgruppenspezifisches (Zielgruppengröße: 1, nämlich: Ich) Wissen über alle meine Lieblingsmusiken zu entwickeln.

Ich nehme mir das Gesamtwerk einer Band oder einer Solokünstlerin oder eines Solokünstlers vor. Inklusive Nebenarmen, Sideprojekten, B-Seiten. Alles, was ich finden kann. Manchmal gar Demos und alternative Versionen. Und das ist natürlich heutzutage wirklich alles da, alles. Dann »koche« ich das ein. Bis die Essenz übrigbleibt. Das Wesentliche, das Beste, der Kern, meine Favoriten.

Alles mir nicht gefallende Andere wird weggeschmissen. Also virtuell weggeschmissen, bei der Einkochmethode handelt es sich um ein Sieben von digitalen Files, nicht um händisches Zerstören.

So entsteht ein eingekochter Dylan. Eine eingekochte Hilde Knef. Die Beatles, Aphex Twin, Neil Young, Celentano, Ornette Coleman.

Wie die Großen, so auch die Kleinen: Komprimierte Saints, Brigitte Fontaine, Deep Freeze Mice, Aeronauten, Alton Ellis, Freestyle Fellowship, Lolitas, Minnie Riperton, Ashtray Boy, Felix Kubin, Die Türen.

Besonders gut eignen sich riesige Gesamtwerke mit mäandernden Inkarnationen, erstaunlichen Kollaborationen und abwegigen Nebenarmen. DJ Premier, Lee Perry, Ennio Morricone, Caetano Veloso. Alles unfassbar viel. Fela Kuti schon eingekocht? Was ist mit dem einen Mitglied vom Yellow Magic Orchestra? Françoise Hardy, Mark E. Smith, Kendrick Lamar? Die haben alle sehr, sehr viel gemacht, aber ich will nur das Beste.

Ich lade mir alles runter, von kleinsten Blogs, von entferntesten Spinnern. Scanne alles durch. Das dauert Stunden. Manchmal Tage oder Wochen. Vergleiche die Bitrate und nehme die bessere Auflösung. Unterscheide zwischen neu gemasterten Versionen und von Vinyl runtergezogenen MP3s. Siebe und siebe immer weiter. Hoffe nebenbei darauf, dass nichts mehr in Zukunft aus den Archiven gegraben wird, denn dann muss ich alles neu machen. Was natürlich ständig vorkommt.

Inzwischen bin ich am Waldrand angekommen, fällt mir auf. Ich sah, ohne zu sehen. Felder, Äcker, vielleicht sogar mal ein Haus. Wäre kaum imstande, ein paar Details der Landschaft zu benennen. Ich kann jetzt nur meine Nachdenkungen wiedergeben, aber nicht die Natur. Die Klage mancher Menschen – »Mir fällt grade nichts ein« – verstehe ich nicht. Ich wäre eher mal froh, wenn bei mir oben nichts los wäre. Ich habe so massig Hölzchen und Stöckchen bei mir auf Vorrat, dass ich ständig von einem zum anderen muss.

Die größte Herausforderung in Sachen Band ist zweifellos die amerikanische Band Guided By Voices. Ein schier unglaubliches Gesamtwerk seit 1983. Mehr als die Stones und Beach Boys zusammen. Man muss natürlich die Solosachen der Bandmitglieder dazuzählen, die klingen ja ähnlich oder genauso. 1648 Songs hat allein der Hauptsongwriter und Eckhard Henscheid-Lookalike Robert Pollard auf seiner Habenseite. Fast alles Lo-Fi aufgenommene, teils großmelodische, teils egale Songs. Von Beatles-Qualität bis unerheblicher Schrott ist alles dabei.

Dazu die elf Alben des anderen Sängers. Die Millionen anderer Bands, in denen er war. Das sind allein schon ca. 87 Aliasse. Die EPs, Samplerbeiträge, die Coverversionen, alles muss rein. Über 3000 Songs, die man bearbeiten muss – eine herrliche Einkochband! Es geht nicht besser, weil das Fass keinen Boden hat. Jedes Jahr kommen drei bis vier Platten hinzu. Mindestens. Die hören einfach nicht auf.

Meine Maßstäbe sind hart. Bei mir ist der Guided By Voices + Solo-Ordner aktuell nur in Anführungsstrichen 228 gute Lieder stark. Interessant. Dylan liegt bei 88 Songs. Neil Young bei über 160. Marvin Gaye merkwürdigerweise nur bei 44. Kapier ich gar nicht, merkwürdig. Muss ich mal nachprüfen. Und da sind natürlich nie und nimmer

Live-Aufnahmen bei, die ich grundsätzlich fürs Einkochen ablehne, sondern nur sehr gute Songs aus dem Studio!

Meine persönliche GBV-Selektion habe ich bereits mehreren, von der Fülle und Wucht ihres Gesamtwerkes eingeschüchterten Freunden zugeschustert. Habe sie somit a) abhängig von meinem Geschmack gemacht und b) als Adressat einer sonst eher sinnlosen Arbeit missbraucht. Ich bin also nun der Kanon, bin die Instanz, wie diese Band in der Welt aufgenommen wird. Habe Macht, Einfluss, Geltung. The man behind! So soll es sein.

Trotzdem ist das alles bei Robert Pollard nicht zu fassen. Auf der Bühne ist er meistens komplett betrunken, neben sich zwei Eimer, einer beschriftet mit »Piss« und einer mit »Puke« – und spielt trotzdem drei Stunden. Gern mal 60 Stücke, manche natürlich nur angespielt, sind ja genug da. Alles eine Frage der Konzentration.

Bei OIL scheint mir ein anderes Prinzip maßgebend: Nämlich sich schon im Entstehen der Musik zu reduzieren. Bislang ist kein einziger Entwurf entstanden, sondern immer nur fertige Produkte. OIL stellt offenbar qua Herkunft nur Muskelmasse her. All killer, no filler. Effizient und verdichtet. Keine übervollen Festplatten und schludrig rausgehauene Songs. Doch die bessere Band als Guided By Voices Fragezeichen Ausrufezeichen.

Ich geh wieder rein. Zwei Stunden sind vergangen. Der Rückweg war genauso schön wie der Hinweg eventuell gewesen sein mag.

Nachmittags, Maurice

Gereon hat sich die letzten Stunden mal wieder komplett zurückgezogen und somit die OIL-Arbeit extrem behindert. Er war Einkochen. Musik einkochen. So nennt er das Zusammenstellen eigener Best-of-

Listen. Er ist der tiefen Überzeugung, dass nur er weiß, was die besten Stücke von wem auch immer sind. Seine Auswahl gilt selbstverständlich für uns alle. Manchmal bekommt man ungefragt einen Download-Link zugeschickt.

Er wäre sicher als Programmdirektor sehr gut geeignet. In einer öffentlich-rechtlichen Sendeanstalt. Wegen seiner tiefen Überzeugung von sich selbst, wegen seiner Bildung, dem coolen Wissen und dem daraus resultierenden hochdistinguierten Weltgeschmack. Ja, irgendwer muss den Menschen aus Gründen sagen können, was sie konsumieren sollen. Aber da fehlt dem Klug leider das abgeschlossene Studium. Also für die Manufactum-Side of Life.

Labelchef war er auch schon mal. Nobistor hieß sein kleines, ambitioniertes Independent-Label mit dem zugegeben sehr guten Claim »Von den Machern des Kapitalismus empfohlen«. Aber er hat das Label nach wenigen Jahren wieder dicht gemacht. Dicht machen müssen. Vermutlich, weil die Welt da draußen eben doch nicht freiwillig seinen Geschmack teilt.

Ich glaube, seine Playlisten hört auch keiner. Nicht mal er selbst. Er hat nur Lust auf den für ihn entspannenden Arbeitsprozess. Mal ehrlich: Warum sollte ich mir eine, sagen wir, Best-of The Fall von Gereon Klug mit insgesamt 158 Stücken abhören? Habe seit meinen Teenagerjahren meine eigenen Favoriten. Also, wenn ich mal wieder Lust auf The Fall habe.

Doch zurück zum Labelgeschäft: Wenn nach Jahren von insgesamt 500 gepressten Schallplatten immer noch 400 in der Garage rumstehen, dann wird die eigene Hybris endgültig zum finanziellen Risiko für die ganze Familie.

Ich kenne diese Problematik und habe als Labelbetreiber in finanziell kritischen Situationen immer wieder mit viel Glück Erfolg mit Künstlern gehabt, die Gereon meist extrem belanglos findet. Mindestens uninteressant.

Schon erstaunlich, dass ausgerechnet wir beide jetzt zusammen in einer Band spielen.

Als ich ihn das erste Mal sah in seinem alten Label-Büro neben dem Hamburger Club Weltbühne – Tino Hanekamp war da sowas von da! – da dachte ich: Lustig, ein Van-Dyke-Parks-Lookalike mit einem Faible für Germanistik, Reggae und Oma Hans. 15 Jahre später würde ich dem eigentlich nichts hinzufügen wollen. Wobei: Heute weiß ich, dass er Ennio Morricone für den größten Komponisten des letzten Jahrhunderts hält. Da würde ich tatsächlich gerne mal eine von ihm eingekochte Playlist hören. Aber bitte nicht ungefragt.

Abends, Mosh

Ich wäre gern Koch. Nicht nur wenn ich koche. Ich hatte beim ersten Mal sofort erkannt, dass in der Bugmann-Hütte gut gekocht wird. Gut im Sinne von leidenschaftlich und nicht im Sinne von Kochbuch. Alle Geräte und Utensilien sind benutzt und nichts ist aufeinander abgestimmt. Schon mal ansprechend.

Ich habe meinen eigenen Moccabrüher mitgebracht, an dessen Alter aber auch der hier vorhandene ranzukommen scheint. 50 % der Würze, die ich beim Kochen eines Gerichtes oder eines Getränkes erschaffe, stammen von der Patina des benutzten Gerätes. Das Material gibt. Also braucht es Erfahrung, braucht es Nutzjahre. Hier ist alles benutzt. Gut.

3. TAG

Morgens, Maurice

Ich bin froh, wieder in Heidmoor zu sein. Nicht, dass ich etwas gegen das Meer hätte, also wenn es um Gewässer geht, dann bin ich am Ende vielleicht doch eher der Flüsse- oder Seen-Typ. Aber darum geht es hier nicht. Die Hütte von Bugmann hat sich ganz einfach als ideal für OIL erwiesen. Auch für Emma. Für sie ist es hier ein echtes Hundeparadies.

Vormittags, Gereon

Der Schrottvogel Marius Müller-Westernhagen hat Geburtstag. Ich weiß das durch Zufall oder spüre es, keine Ahnung. Ich denke noch im Bett liegend kurz über diesen würdelosen Nutterich nach. Ein ehemaliger Roadie von ihm hat mir mal erzählt, dass er sich bei der Zugabe mit dem Rücken zum Publikum einen Finger ins Auge gesteckt haben soll, um dann gerührt weinend »Freiheit« und »Lass uns leben« zu singen. Jeden Abend mache der das. Das Publikum ist angesichts der massiven Gerührtheit des Stars dann noch ergriffener und glaubt an echte Feelings vom Marius.

Das wäre schon ein sehr profimenschliches Verhalten, Showbusiness geradezu in Perfektion. There is no Showbusiness like Showbusiness, haha.

Dieser perverse Tränenmove könnte sogar dem Rockshowhasen Rev gefallen. Der hat angeblich auch schon alles gesehen, was an abgeschmackten Dingen im Biz passiert ist. Außerdem interessiert ihn doch jeder menschliche Abgrund, allein um auch mal wieder rauszukrabbeln, wenn er hineingefallen ist. Vielleicht findet er sogar Gefallen am hässlichsten Song aller Zeiten. Ich rede natürlich von »Sexy« von Marius. Eventuell findet er das boogiehafte daran gut oder irgendeine Stumpfheit, die er als proletarisch oder unakademisch interpretiert. Bei Rev weiß man nie, er ist unberechenbar. Nein, ich entschuldige mich für diesen Gedanken. Bei Rev weiß man zwar nie, aber das geht zu weit.

Wenn man ihn losließe, würde er womöglich in die kaputte Welt rauslaufen und in einer richtigen Rockband spielen. Als Berufsmusiker agieren. Und da natürlich komplett sedieren und zerbröseln. Zerschellen am Bösen, in Duelle gehen, die andere gewinnen.

Zum Glück für ihn haben wir ihn hier fest in ein Gitter aus Gefühlen wie Liebe und Zuneigung unserer Gruppe eingebunden. Bei uns rennt er höchstens gegen einen Kokon der Liebe. Er sollte uns dankbarer sein. Er ahnt wahrscheinlich nicht einmal, warum es diese Band OIL gibt. Seinetwegen haben wir sie gegründet.

Ich stehe auf. Drüben im Haupthaus scheint schon was los zu sein.

Mittags, Maurice

Der Konsum dieser Band ist in seiner Summe wirklich erstaunlich. Pro Tag, pro Person: 70 Gramm Mocca, 3 Eier, 6 Scheiben Brot, 100 Gramm Käse, 8 Scheiben Wurst, eine halbe Tüte Chips, eine Dose Nüsse, 3 Spreewaldgurken, 6 Flaschen Bier, eine halbe Flasche Wein, eine viertel Flasche Gin, 1 Liter Tonic, 1 Schachtel Zigaretten (Gereons aggressives Nichtrauchen verschönert die Statistik), 50 Gramm Weingummi, 20 Gramm Schokolade, 250 Gramm Nudeln oder ein halbes Kilo Kartoffeln, 0,4 Kilogramm Fleisch oder 0,5 Kilogramm Fischfilet,

1 große Dose Hundefutter und irgendeine Sauce aus Gemüse und Gewürz. Das macht ca. 18 Euro pro Person. Obst haben wir bisher immer vergessen.

Wie man hier vor Augen geführt bekommt, was allein vier Männer und ein Hund benötigen, bloß um entspannt ein paar Tage auf dem Lande ein paar Songs zu schreiben und aufzunehmen, will man wirklich nicht darüber nachdenken, was die Bewohner einer Stadt wie Hamburg am Tag benötigen, um abends zufrieden ins Bett zu fallen. Alles der totale Transformationswahnsinn. Also, ich esse eine Möhre, fusioniere sie im Magen mit Leberwurst, und daraus entstehen Gedanken. Wie kann das sein? Es ist doch total verrückt hier auf den Feldern zu den Kühen hinüber zu schauen in dem Bewusstsein, nur wenige Monate später einen Song daraus zu machen. Also aus den Kühen.

Abends, Gereon

Ständig ist hier Freiheit das Thema unter den Herren. Wann ist »man« frei, wann ist »Mann« frei, wann ist Freiheit ausgedacht, wann Konstrukt, Ziel, Schwachsinn oder nur ein anderes Wort für nichts, was übrig bleibt, um nichts zu verlieren.

Diese Zeile von Janis Joplin habe ich nie verstanden, freue mich aber immer, wenn ich sie en passant irgendwo einflechte. Bei Superceckern wie den Typen hier gehen da umgehend diverse Dimmer an im Oberstübchen. Die fragen sich dann: Was hat Gereon mit diesem Zitat gemeint? Will er auf Kris Kristoffersons männlichen Trucker-Freiheitsbegriff hinaus? Von dem stammt der Song.

Oder will er hinweisen auf das Gegenteil, nämlich den feministischen Freiheitsaspekt der ersten wirklichen Rockfeministin Janis Joplin, die machte, was sie wollte, sogar sich zerstören? Von ihr kommt die berühmteste Interpretation.

Ja, was will er, der Gereon? Der Gereon weiß das, ehrlich gesagt, selbst auch nicht, festigt aber dadurch seinen legendären Ruf als sehr schlauer Musikvogel. Das ist mein Trick: tolle, interessante Bezüge entwerfen und herstellen, aber den Bezug der Denksofas den anderen überlassen.

Was Freiheit angeht, bin ich natürlich heidenneidisch auf die anderen drei, die mir ungleich freier erscheinen als ich mir selbst in meinem Spinnennetz aus Verklemmung, preußischem Ethos und Faulheit.

Mosh arbeitet nach eigenen Angaben momentan gar nicht. Das wenige Geld, das er benötigt, komme von seiner Frau, die grad gut verdient, und er sagt: Warum nicht? Ziemlich hoher Freiheitsgrad.

Genauso wie Maurices Tagesangehen: Der beginnt jeden Morgen offenbar mit dem Gedanken »Hallo, was bietest du mir, bester Tag, lass sehen, ich mach's!« Frei von schlechtem Gewissen, Angst und müder Ablenkerei vom Wesentlichen.

Und Rev, der erfolgreich versucht, in Physiognomie und Sozialwahl schon einen Freiheitsbegriff zu definieren, den die allermeisten sehr eindeutig als frei und zwar ziemlich sehr frei interpretieren dürften, ja, der Rev ist im Kopf wahrscheinlich auch recht frei. Die Enge seines Kulturgeschmacks ist in Wirklichkeit wohl die größte Freiheit. Und seit er alleine ist, kann er sogar alle äußerlichen Bedingungen von ausgelebter Freiheit leben.

Wir hatten ja irgendwann mal angefangen, ein Lied für ihn zu schreiben, es soll klassisch »Frei wie der Wind« heißen. Ja, klingt erstmal sehr abgeschmackt, sehr abgefrühstückt. Aber wenn nicht OIL sich so einen Ansatz leisten kann, welche Band dann? Wir dichten als Refrain:

Ich bin frei wie der Wind; kann tun und lassen, was ich will.
Niemandem Rechenschaft schuldig, schlaf so lang,
und mit wem ich will.
So lang mit wem ich will.

Mh. Sehr großer Ansatz, sehr die große Klammer wollend. Was wir aber sofort downgraden. Durch Strophen, in denen die Freiheit als das Kleinste, das vielleicht Erbärmlichste, aber auf jeden Fall das ziemlich Mindeste, dem man hinterlaufen sollte, vorkommt.

Ich war noch niemals in Paris
Ihr wisst ja, was ich meine
Alle wollen immer raus, wollen weg
Ich dreh auch gern Kreise, aber kleine

Ihr schaut raus aufs Meer
Ich in mich hinein
Jubelt ihr ruhig den anderen zu
Ich bin gern mit mir allein

Heute mal ich ein Pfeife
Morgen vielleicht zwei
Gleich einen schwarzen Tee
Dann ist der Nachmittag vorbei

Gibt's nicht grad bei Tchibo Socken?
Wo ist eigentlich mein Seidenschal?
Ach, ich bleib hier einfach hocken!
Wenn ich eins hab, dann die Wahl

Für mich sind alte Zeiten heute
Moden ziehen an mir vorbei
Ich lebe nicht wie die andern Leute
Träume, Launen, Herzensschmerzen
Ich sag hello und dann bye bye.

Haha, das gefällt mir gut. Rev singt das Lied erstaunlich unpathetisch. Dass er es überhaupt singt, beweist schon seine Freiheit.

Und auch Maurice scheint der Song besonders gut zu gefallen. Man sieht ein Leuchten in seinem Haar, wenn er ihn hört. In Berlin erzählt man sich, dass er dieses Leuchten immer dann hat, wenn eine Band auf seinem Kritikerlabel mehr Einheiten verkauft, als man dachte.

Wahrscheinlich hat er instinktiv kommerzielle Hoffnung mit dem Titel »Freiwind«, was ja übrigens absichtlich ein wenig wie die Naziband klingt, weil wir uns von den Heimatfaschisten nicht auch noch den Begriff der Freiheit vermaden lassen wollen. Die sollen abhauen!

Die Reichen haben uns schon den Begriff der Schönheit geklaut, in dem sie alles Schöne überall auf der Welt besitzen. Natur, Land, Seen, Strände, das gehört denen alles.

Die Business-Vielflieger versauen uns unsere Urlaube in Ländern, die weiter entfernt sind.

Und die Rechten haben uns Begriffe wie Heimat und Freiheit gestohlen, indem sie sie korrumpieren und zuschanden reiten mit ihrer kranken Denke.

Mit mir nicht. Der Song heißt »Freiwind«. So frei bin ich und ist die Gruppe OIL.

OIL
FREI WIE DER WIND
OIL
MUNGO JERRY

3. NACHT

Nachts, Emma

Habe Spürung. Wildschmacht. Er wieder da. Eindeutige Riechung. Augen, Glut, Schmutz. Vorne, hinten, untenrum. Was für eine Kraft. Balgen, schnüffeln. Seine Stärke ist meine Schwäche. Seine Schönheit ist eine unbekannte. Das Mondlicht blitzt. Toben und rollen. Hechelndes Geheimnis. Zu ihm oder zu mir? Zu ihm. Die Lichtung der Wünsche. Sein Stamm im Rudel. Ficken, kauen, leben. Alle zusammen, verwandte Lust. Aber die Art ist fremd. Knurren der Rüden. Sind es Feinde? Fressen und Wegbeißen. Er ist zu stark. Sein Geruch, meine Gier. Liebe brutal.

Bei denen im Fell Aas, Erde, Speichel, Schlamm und Kot. Placken ihrer wilden Natur. Bin nur Gast. Soll mit. Im Dunkeln raus. Rein in die Hühner. Vögel für nichts. Kill kill kill. Enthemmung, Triebe, Auflösung. Beißen, jagen, stellen. Tod und Blut. Zerfetzte Leiber, offene Hälse. Hühner ohne Chance. Panik, die gut tut. Wie im Rausch und für immer zusammen. Falsche Idee. Schüsse und Lichter. Zittern. Rennen und rasen. Pumpende Angst.

Hell oder Hölle. Schrot und Vollzug. Ohne Gnade Schüsse. Überall. Verfolgung bis zum Tod. Weiterhetzen. Keine Chance. Bis zur Explosion. Plötzlich der Knall. Die Maschine ist still. Das falsche Öl. Wir immer weiter. Im Angstschweiß allein. Neue Geilheit in wilder Erleichterung. Die anderen nicht mehr da. Weg sind wir. Glänzendes Dunkel. Morast und Morgennebel. Abschwitzen, laufen und beginnen. Geil. Was ist zuhause?

GG Allin
& the Southern Baptists
LIVE IN
MOORBURG
Scheune
18°° Uhr

4. TAG

Morgens, Maurice

Emma ist weg. Generell ist es für Hunde nichts Ungewöhnliches mal auszubüxen. Aber die Sorge des Hundebesitzers ist immer unerträglich groß. Unerträglich auch für alle Angehörigen. Klar, es könnte dem Hund in der Wildnis da draußen etwas passiert sein. Aber was heißt heute schon noch Wildnis? Der Stadtmensch empfindet das Land als wild, dabei ist auf dem Land doch auch alles irgendwie künstlich angelegt. Forstwirtschaft. Wald und Wiesen. Flur und Acker. Von städtischen Landschaftsplanern angepflanzt. Um damit Eigentum von Eigentum zu trennen.

Und der Hund mittendrin als domestizierter Wolfserbe, der für seine tägliche Ration Pansen und Stöckchenspiel den Hof des Menschen bewacht. Obwohl mir Emma gar nicht gehört, fühle auch ich mich bei OIL längst für sie mitverantwortlich. Das vor allem deshalb, weil ich spüre, wie sehr sich Rev nun Sorgen macht. Ich hatte als Kind mal eine Beagle-Hündin. Bei Beagles denken die meisten Menschen immer sofort an Snoopy, aber ein echter Beagle sitzt natürlich nicht neurotisch auf dem Dach einer Hundehütte und schreibt Bücher, sondern ist ein echter Jagdhund. Meine Hündin blieb teilweise über eine Woche lang weg. Verschwunden. Dann stand sie abends mit den Pfoten kratzend an der Haustüre und brachte mir einen gerissenen Hasen oder Truthahn mit. Als Geschenk. Als Wiedergutmachung.

Als Chessie wieder und wieder verschwand, machte ich mir irgendwann keine Sorgen mehr. Sie starb dann irgendwann an Nierenversagen. Nicht an irgendeiner diffusen Gefahr hinter den Grenzen unseres Grundstücks im Münsterland. Also durch Autos oder durchgeknallte Bauern. Oder noch schlimmer: durch durchgeknallte Bauern in ihren Autos.

Vormittags, Gereon

Warum regt sich Rev so auf? Ist doch nur ein Hund, der gerade mal nicht bei uns ist. Also ein Tier, das sich offenbar zu anderen Tieren gesellt hat oder was erleben will, anstatt bei uns zu cornern. Für mich ein völlig normaler Vorgang.

Aber Rev jammert und wehklagt jetzt schon seit halb sechs, wie sehr er Emma vermisse, dass bestimmt etwas passiert sei und wir sie suchen müssten. Hätte nicht gedacht, dass dieser nachdenkliche selbstbewusste und mit seinen Beinen recht fest auf Gottes oder Mutters Erde verwurzelte Mann derart anfällig ist. Durch ein gassigehendes Tier so durchlöchert wird. Die Freiheit von anderen einzäunen will mit eigenen Sorgen.

Er raucht inzwischen Kette, sucht immer wieder im nahen Wald oder in den Büschen. Als er vermutet, dass sich Emma in einem Keller verirrt habe und eingeschlossen wäre, weiß ich, dass man ihn vorerst als denkende Person nicht mehr ernst nehmen kann. Nur Katzen verirren sich in Kellern und tauchen Wochen später wieder auf.

Es ist wohl wie bei der Musik: So sehr ich die Musik mag, so wenig verstehe ich die Musikmacher. So sehr ich Emma mag, so wenig verstehe ich ihren Halter.

Dabei mag ich sie ja. Ich könnte mir keinen besseren Hund wünschen. Emma ist schön normal. Nicht anstrengend, nicht langweilig. Nur all das, was sie auslöst, stört mich. Als Band kommt man – man sieht es ja jetzt – auch nicht voran, wenn ein Hund das empfindliche Gefüge »Gruppe« durch einen spontanen Ausflug stört.

Um alle wieder klardenkend zu machen, schlage ich Mosh vor, er solle doch bitte uns allen einen guten, stärkenden Mocca machen. Von mir aus bekommt auch der arme Rev die Erstbrühung. Hauptsache, die Kräfte werden wieder gebündelt, so wie eine Lupe den Sonnenstrahl zu einer Waffe macht.

Mittags, Mosh

Wo sie wohl hin ist? Alle machen sich große Sorgen und Vorwürfe, dass Emma weg ist. Ich eigentlich auch, wobei ich nicht genau weiß, was das zu bedeuten hat. Da ich selber nie mit einer Hündin zusammengelebt habe, kann ich es nicht einschätzen. Ist sie vielleicht nur sich austoben gegangen. Hier ist ja viel Platz, anders als in Berlin, also dem echten Berlin, oder auch als in Stöfs. Womöglich durchlebt sie gerade eine Freiheitsekstase und hat darüber die Zeit vergessen. Sie hat ja auch gar keine Uhr dabei. Eventuell hat sie andere Begleiter ihrer Art gefunden und hat über den Spaß mit denen ihr Zuhause, also uns, vergessen.

Oder ist sie ausgebüxt? Hatte ich ihr nicht genug Aufmerksamkeit beschert? Diesmal habe ich sogar Sucuk dabei, doch noch nicht ausgepackt. Scheiße, das hätte ich als Erstes machen sollen, nicht als Bestechung, sondern als freundschaftliche Geste. Auf jeden Fall ist Rev am Boden zerstört, so geht das nicht. Wir müssen sie schnell finden, sonst wird das nichts mit unseren drei geplanten Stücken. Ich glaube nicht, dass ihr etwas Schlimmes passiert ist, das würde ich spüren, auf jeden Fall würde dann der Mocca leicht salzig schmecken. Was immer ein Indiz dafür ist, dass etwas Gefühlsmäßiges nicht stimmt. Der Mocca eröffnet nicht erst beim Kaffeesatzlesen seine Magie.

Mittags, Gereon

Der Mocca von Mosh war wirklich wieder gut. Riecht schon so dünkelfrei selbstbewusst. Nicht so tot, nicht so überfrachtet mit modernem Pathos der Craftingwelt. Ist keine der Spezialmischungen, auf die jemand so stolz ist wie auf ein Kind. Steht kein »nur«, »mit fair« oder »regional« drauf. Nichts stört bei diesem Mocca, er macht niemanden haftbar für die Übel der Welt, indem er schon durch sein Sein meine Aufmerksamkeit auf das lenkt, mit dem ich mich als aufgeklärter Mensch eigentlich beschäftigen muss: Produktionsbedingungen, Handelswege, Gesundheitsaspekte, Nachhaltigkeit, Sortenbewahrung und so weiter. Wie mir das alles auf den Geist geht und wie es mir, dass es mir alles so auf den Geist geht, noch mehr auf den Geist geht.

Was ich da noch so grad akzeptiere, ist das Verhalten einer Freundin, die sich immer ihre Kaffeetassen eigener Gerechtigkeit brüht: Ihre ganz persönliche Mischung besteht immer zur Hälfte aus Discounter-Kaffee, weil der schön billig ist. Und zur anderen aus gerecht gehandeltem Kaffee, mal bio oder bio-sozialem. Das ist mal eine faire Mischung. Ihr Aroma. Verspüre leichten Neid. Bin ja selbst längst Weltmeister am ethischen Schwebebalken.

Zum Glück müssen wir uns hier nicht mit diesen komplizierten Verschränkungen beschäftigen, wir sind ja draußen. Aus der Gesellschaft und ein wenig auch aus der Moral. Hier ist einfaches Land. Und Mosh brüht einfach einfach.

Nachmittags, Maurice

Statt Emma zu suchen – Mosh und Rev sind seit einer Stunde unterwegs – diskutieren Gereon und ich bei der dritten Kanne Kaffee die Zukunft des Influencers. Ist es tatsächlich möglich, sein ganzes Leben als Konsument zu bestreiten? Von seinem Konsum zu leben? Ja, wäre das nicht ein schönes Lebensmodell für uns alle? Einen Teil des Kaufpreises investiert das Label doch sowieso ins Marketing. So fließt ein gewisser Prozentsatz beim Kauf direkt an den Konsumenten zurück. Der Kunde dokumentiert seinen Kauf und generiert automatisch mehr Reichweite für die Marke. Gut, aber ganz allein von dokumentiertem Konsum leben können am Ende nur die schönsten ihrer Art. Keine Firma möchte Konsumenten, die so aussehen, als würden sie wahllos alles in sich reinstopfen. Und wie lange funktioniert so ein Modell? Können wir als Testimonials bis ins hohe Rentenalter in uns hinein konsumieren?

Im Grunde beneidet man als Künstler die Testimonials, weil es auf den ersten Blick der noch bequemere Lebensentwurf zu sein scheint. Und am Ende ja auch die totale Performance. Also, da kann man schon Kunst draus machen, na klar! Ist ja ausdrücklich auch so gewünscht. Wir reden über die generelle Verschränkung von Kunst und Kommerz im Pop. So wie man das in unseren Leben so macht. Seit über 40 Jahren wird hart geschwafelt. Über eitle Kuratoren zum Beispiel, die heute auch nur eine Art Testimonials mit Staatsknete sind. Testimonials der Kulturämter.

Ob Rev und Mosh Emma schon gefunden haben? Ich befürchte nicht. Wir fragen uns, wen oder was wir mit OIL bewerben könnten. Und ob wir so eine Testimonial-Show nicht direkt an ein Theater verkaufen können. Also den inszenierten Konsum auf eine Bühne verlagern und dort vor Publikum ordentlich abkassieren. Doppelt abkassieren. Doppelt ausgestellt. Doppelt gut. Wenn der ganze Sinn für den Menschen eh nur noch darin besteht, Handlungen seiner Triebe und umgeleiteten Triebe für andere werbewirksam zu dokumentieren, wie weit wird der Mensch da zukünftig gehen?

Gereon spricht von Magensonden-Insta. Klar, kann ich mir auch gut vorstellen. Direkt zu den Säften. Zur Zersetzung. Zum Geschwür.

Und im Zweifel räumt Rennie immer noch den Magen auf. Es wird bald schon wieder dunkel. Sollten wir nicht wenigstens was zu essen machen? So ein Suchtrupp kehrt sicher hungrig zurück. Hat er auch wieder Recht, der Herr Bandkollege, in Sorge hat der Mensch für gewöhnlich keinen großen Appetit. Außerdem ist kaum mehr was da. Wir müssten dringend in den Supermarkt. Hoffentlich kommen die beiden gleich wieder.

Ein Bier? Was können wir sonst tun?! Ja, ich glaub auch, dass sie Emma finden werden. Ganz bestimmt. Hast du die neue Meat Puppets eigentlich schon gehört? Ja, wieder mit Derrick Bostrom am Schlagzeug. Ja, wirklich erstaunlich, was nur ein so ein Musiker in einer Band ausmachen kann. Klingt echt wieder genauso wie früher.

Nachmittags, Rev

Ich komme ermattet mit Mosh von der Suche nach Emma zurück. Ergebnislos. Total fertig weiß ich nicht mehr ein und aus. Eines muss man Gereon und Maurice lassen, sie sind exzellente Krisenmanager und haben schon einen Plan ausgearbeitet, wie die Suche weitergehen und ausgeweitet werden kann. Beim Supermarkt in einigen Kilometern Entfernung und zu dem wir heute eh noch müssen, gibt es im Foyer einen kleinen Computer- und Copyshop. Dort werden wir jetzt hinfahren und ein repräsentatives Foto von Emma plus Suchtext ausdrucken und kopieren; dann eine große Runde übers Land fahren und diese überall aufhängen.

Unser Checker Mosh meint, wir sollten sicherheitshalber mit beiden Autos losfahren. Maurice bleibt hier, um für alle Fälle da zu sein, falls Emma auftaucht und um endlich ungestört Plattenfirmengeschäfte via Telefon abwickeln zu können. Mit der Auflage, alle 15 Minuten die Leitung für fünf Minuten frei zu halten.

Wir müssen uns beeilen. Durch die lange Suche ist es schon spät geworden. Es ist Samstagnachmittag, der Supermarkt und Copyshop schließen bald. Der Weg über die nasse Landstraße erscheint mir ewig, und ich versuche, mir nicht auszumalen, was alles hätte passiert sein können. Mosh meint irgendwann ganz ruhig, dass sie wieder auftauchen wird, und ich will ihm glauben. Ich überlege, ob es besser gewesen wäre, statt einem Hund Kinder anzuschaffen. Ob es dann jetzt vielleicht nicht ganz so schlimm wäre. Mein Lieblingsautor Richard Hughes hatte kein Problem damit, in seinen Büchern Kinder und Katzen in Reihenfolge krepieren zu lassen. Meist sogar recht lustige, zumindest absurde Tode. Aber niemals einen Hund. In seinem Kinderbuch wird der titelgebende Hund sogar aus tiefster Not gerettet.

Daran versuche ich mich festzuhalten, als wir auf dem Parkplatz vorm Supermarkt halten. Die Stimmung auf dem Parkplatz ist unangenehm. Es stehen mehrere Geländewagen und Pick-ups wirr herum. Daneben befindet sich ein große Gruppe Jäger und Bauern, die dämliche orangene Warnwesten tragen. Kornflaschen machen die Runde und gegenseitig werden die Gewehre bewundert. Einige sind schon breit und grölen rum. Es mutet wie in einem Rassistenfilm über die amerikanischen Südstaaten an.

Gereon ist auch schon da, gibt mir den Stick. Ich haste in das Foyer mit dem Copyshop. Als ich endlich dran bin und den Stick dem Verkäufer übergeben will, höre ich Gereon: »Halt Rev! Nein! Nein!« Ich drehe mich um, er rast auf mich zu, um mir den Stick wegzunehmen. Ich protestiere, doch er schiebt mich aus dem Laden und drückt mich draußen gegen eine Wand.

»Das ist jetzt gar keine gute Idee mehr«, flüstert er mir eindringlich zu. Ich verstehe gar nichts. Gereon nimmt mich mit zu einer Pinnwand und zeigt mir ein schlechtes, so mit einem Nachttierfotografiergerät aufgenommenes Foto von Emma, auf dem sie offensichtlich ein völlig zerfetztes Huhn im Maul trägt. Darunter steht: »TOT ODER

LEBENDIG: 2000 EURO!« Nun ist klar, worauf die Jägergruppe aus ist. Wäre sicher nicht geschickt gewesen, Bilder von Emma ausdrucken zu lassen. Mir wird schlecht.

Mosh ergreift die Initiative. Wir müssen die Jäger aufhalten und zwar schnell. Nur wie? Man kann ja schlecht hingehen und die Luft aus deren Autoreifen lassen. Mosh erklärt uns, der direkte Weg zu unserem Landkreis Seedorf würde durch eine einspurige Eisenbahnunterführung führen. Seine Idee: Dort mit dem Škoda eine Panne simulieren, um so diese Unterführung zu sperren. So müssten die Häscher erstmal einen ewigen Umweg fahren.

Wir rasen los wie die Besengten. Ich warte hinter dem kleinen Tunnel. Gereon lässt seinen Škoda darin stehen und läuft zu uns. Zweifelnden Blickes meint er, dass der Wagen da allerdings schnell rausgeschleppt sei. Mosh hat wohl auch schon daran gedacht. Er bittet Gereon um den Autoschlüssel. Ruhig geht er damit in den Tunnel, öffnet den Kofferraum, um den Reservekanister rauszuholen und verschüttet dessen Inhalt im Wagen, um mit dem Rest eine Benzinspur bis zum Tunnelende zu legen. Er zündet sich eine Zigarette an und lässt das Streichholz ins Benzin fallen.

Alles ist ruhig, die Flammen nähern sich windschnell dem armen, kleinen Auto, das nun beginnt, innen zu brennen. Dann pufft es ein-, zweimal und darauf folgt der ohrenbetäubende Knall einer Explosion. Eine Feuerwalze schießt aus dem Tunnel. Mosh ist schon weit genug weg und kommt langsam auf uns zu. Im Gegenlicht der gleißenden Flammen kann man ihn nicht richtig erkennen. Alles ist so surreal. Verwandelt sich Mosh gerade in Til Schweiger? Würde mich jetzt auch nicht mehr wundern.

Aber es ist tatsächlich Mosh, der bei uns grinsend ankommt. Wird jetzt ein wenig länger dauern, den Wagen da rauszubekommen, sagt er.

Gereon und ich sagen nichts, und ich hoffe, er kann sich meiner Dankbarkeit ein wenig anschließen. Zumindest ist er bereit, unser verbliebenes Auto zu fahren. Ich bin viel zu aufgewühlt dafür. Wir rasen zurück nach Heidmoor, um weiter nach Emma zu suchen.

Früher Abend, Rev

Maurice sitzt am Küchentisch, als wir zurückkommen. Nachdem wir ihm alles erzählt hatten, meinte er ganz richtig, dass es nur eine kurze Zeit dauern würde, bis Feuerwehr und Polizei hier auftauchen und Gereon wegen dem Škoda ausfragen würden. Mosh legt eine halbwegs plausible Geschichte auf den Tisch, die wir ein wenig auswendig lernen. Keiner von uns hält sie wirklich für glaubhaft.

Das sei doch scheißegal, belehrt uns Mosh. Solange wir nur alle drei standhaft dabei blieben, könnten die uns gar nichts. Überhaupt nichts! Das wäre doch der Trick. Man könne so alles, wirklich alles machen. Wenn alle bei ihrer Aussage bleiben, lässt sich ohne Zeugen eben nichts beweisen. Wie erfahren er dabei wirkt. Als hätte er in seiner Jugend reihenweise bewaffnete Überfälle auf Tankstellen verübt. Sein Vater war doch in Istanbul mal … hatte er das nicht erzählt?

Früher Abend, Gereon

Langsam wache ich auf. Sind die irre? Die haben gerade wegen des Köters mein Auto angezündet. Mit einer Selbstverständlichkeit, die mich nicht mal daran zweifeln ließ mitzumachen! Ein schierer Wahnsinn!

Oder läuft das alles unter dem von den anderen immer geforderten Rock 'n' Roll-Gedanken? Bin ich zu spießig, schnalle ich gar nicht die Freiheit, die meine Bandkumpels da ausleben? Schließlich geht es gegen Rednecks, gegen den Staat, gegen die da oben, gegen Waffenbesitzer, gegen Förster, gegen Besitzbestandsbewahrer. Gegen das bäuerliche

Establishment! Und für eine freie Welt, in der wir tun und lassen können, was wir wollen. Und Hunde tun und lassen können, was Hunde wollen. Eine Utopie der Liberté.

Was ist dagegen ein Škoda, den ich für die Eislaufstunden meiner Tochter brauche, wert? Ein Auto, betrieben von naturzerstörendem Benzin, das ich für Besorgungen im System benötige? Für Dinge, die ich der gebeutelten Natur abkaufe?

Fragen, die ich zu beantworten nicht in der Lage bin. Zu groß die Verwirrung, zu durcheinander und aufgewühlt bin ich. Ob Rev mir eine Zigarette gibt?

Wolfslager, Emma

Abschied vom anderen. Schnell und schmutzig. Treue ist, Fremde war. Auf den Weg. Ruhe und Familie. Die Wunden tun weh. Wie lange das war. Nasses Fell. Durst. Wieder Schüsse. Rennen. Hatz und Hetze. Hass und Rache. Fliehen. Feld, Feld, Baum, Strauch. Die Hütte. Herrchen.

Im Feld abends, Rev

Ich bin das ganze Feld noch einmal abgegangen, kreuz und quer. Immer wieder bis in den Wald hinein, in den ich mutlos ihren Namen rief. Emma! Ich gehe langsam zurück und überlege, aus welcher Richtung die Jäger wohl vorstoßen würden. Ja, wahrscheinlich würden sie aus Richtung des Waldes kommen – oder doch aus der Berliner Richtung? Das Haus kommt näher, ich sehe das heimelige Licht und bin unendlich traurig, dass keine Emma neben dem Ofen liegen wird. Vor der Tür angekommen schaue ich nochmal in Richtung Wald, und zwischen dem vollen Korn schauen zwei Hundeaugen zurück. Ich kann mich im ersten Moment nicht einmal freuen. Ein schlechtes Gewissen auf vier Beinen kommt zu mir, und ich beginne, es matt zu kraulen, während mir die Tränen laufen. Ich mag weder schimpfen noch überschwänglich sein.

Ich nehme sie einfach in die Arme und lasse mir das Gesicht von ihr lecken, bis ich zwei weitere Augen sehe. Mir ist sofort klar, dass diese der Grund für Emmas Fortsein waren, und ich will den Köter wegjagen. Dann blickt noch ein Augenpaar, zwei Welpen rascheln durch das Korn, noch mehr Augen, und ich sehe ein ganzes Rudel Wölfe. Ich weiß nicht, ob ich Angst haben müsste, aber ich bin sowas von fasziniert von dieser Ansammlung räudiger, stinkender und verlauster Gestalten und sehe, wie Emma zu ihnen hinrennt. Dann wieder zu mir zurück und so weiter. Ihre Botschaft ist eindeutig.

Ich merke zunächst gar nicht, dass Mosh und Maurice ganz ruhig neben mir stehen, einen Joint in der Hand, und ebenso perplex sind wie ich. Ich will ziehen, nein ich muss. Dann hören wir auch schon leise ein Klingeln in der Ferne. Es wird auf Töpfe geschlagen und sie kommen in unsere Richtung. Aus dem Rudel hat sich eine stolze Wölfin in unsere Richtung gelöst, vielleicht das Leittier. Und was wir nun zu sehen bekommen, will ich nicht glauben. Sie setzt sich auf ihren Arsch und will Pfötchen geben. Danach wirft sie sich auf den Rücken und macht St. Pauli. Was für eine miese, räudige Bande, denke ich, während Emma uns hoffnungsvoll anblickt.

Wir schaffen Emma und das Rudel in meinen Bauwagen, ich setz mich dazu und halt ihr die Schnauze zu. Vielleicht hilft das, damit auch die anderen ruhig sind. Die Jäger, samt Dorfpolizei etc. kommen an, und ich höre wie Mosh und Maurice eine ewige Zeitlang mit ihnen reden. Irgendwann setzt das Topfklingeln wieder ein und entfernt sich. Ich traue mich trotzdem nicht raus und warte, bis mich Maurice endlich erlöst.

Gereon haben wir schlafen lassen. Er hatte doch einen leichten Nervenanfall wegen des Škodas und war wie immer sehr ruhebedürftig. Jetzt muss alles ganz schnell gehen, die Wölfe müssen weg. Es werden zwei Fuhren, die ich durch das nächtliche Schleswig-Holstein bringen werde. Möglichst weit weg, in Richtung Ostsee. Dort kenne ich ein großes Waldgebiet mit wenig Besiedelung. Vielleicht kommen sie dort klar. Bei der zweiten Fahrt sind Emma und ihr Galan dabei. Der Morgen dämmert schon im Nordosten und über der See steht ein großer Mond. Emma und der junge Wolf stehen auf der Steilküste und ihre Silhouetten heben sich vor seinem Licht ab. Ich nehme mein Handy und mache viele Fotos davon.

Es bleibt mir noch zu erwähnen, dass in den zehn Minuten meiner Abwesenheit, in denen ich mich mit Maurice und Mosh besprach, mein ganzer Bauwagen von innen zerfetzt wurde. Alle Matratzen, Zudecken, Schlafsäcke etc. Die wenigen Möbelstücke waren nur noch Kleinholz. Was für ein Dankeschön.

Ich werde mindestens einen Tag länger bleiben müssen, um das wieder herzurichten, und es wird mein letztes Geld fressen. Emma hat die verbleibenden Tage natürlich Stubenarrest, da sie nicht mehr gesehen werden durfte in der Gegend. Also Pinkeln nur noch im Dunkeln – ein bisschen gönne ich's ihr.

TROUT MAS K Replica
Capt
SKoDA

5. TAG

Morgens, Maurice

Nachdem alles besprochen war, durfte auch ich mich endlich hinlegen. Ich vernahm im Halbschlaf noch das rücksichtslose Geraschel und Geklimper in der Küche. Schubladenboogie. Dann hörte ich nur noch den Motor von Revs Wagen und Hundegejammer. Up and away. Wo ist der nur hin? Und sowieso: Was für eine Scheiße uns Emma hier eingebrockt hat. Vielleicht sollten wir schnell ihr Fell färben. Gibt es das? Tönung für Hundefell? Mist, kein Internet. So was googelt man doch gerne: Hundefelltönung, schwarz, günstig.

Generell bin ich aber froh, dass wir hier kein Netz haben. Die meisten meiner Bekannten sind im Internet eh nur noch mit Kondolenz beschäftigt. Unter dem Titel »Die Toten müssen sterben« schreibt Gereon zum Beispiel fast täglich eine Kolumne bei Facebook. Für Prince, Mark Hollis, Scott Walker oder Ric Ocasek. Alles Männer, die Männern mal was bedeutet haben.

Ich krieg da nur schlechte Laune. Vor allem, weil sich bis zu ihrem Tod wirklich niemand mehr mit dem Œuvre der ach so vermissten Künstler auseinandergesetzt hat. Aber plötzlich fühlt sich rückblickend jeder nur noch von der frisch dahingeschiedenen Person in seinen entscheidenden Lebenssituationen beeinflusst. So ein Unglück. Diese schreiende Ungerechtigkeit! Ja, diese entsetzlich große Lücke. Dieses pastorale Gehabe. Und dann kaufen alle wie bescheuert Platten, die sie sich zu Lebzeiten des verstorbenen Künstlers nicht gekauft haben. Weil sie einfach niemanden interessiert haben.

Das muss mit der Verschränkung von digital und analog zu tun haben. Die digitale Immer- und Überallverfügbarkeit gibt uns Menschen das Gefühl von unendlicher Haltbarkeit. So eine digitale Musikdatei fängt nicht plötzlich an zu knistern oder zu rauschen. Es gibt keine Verstaubung mehr zu hören. Keinen Verfall. Digital riecht auch nie schlecht. Na, und dann plötzlich kippen die alt gewordenen Helden der ewig geglaubten Jugend um wie die Fliegen.

Ja, Rust Never Sleeps. Der Rev, der versteht sowas. Der hat sich mit diesem Sachverhalt schon mit Anfang 20 abgefunden. Hoffentlich kommt er bald wieder zurück.

Morgens, Gereon

Ich spüre, dass schon wieder jemand gestorben ist. ich meine natürlich mit »jemand« jemanden, dem man via Facebook kondolieren kann. Die neue alte Sitte unter den digital zu früh Geborenen. Also denen, die das Netz vornehmlich dazu nutzen, ihre Verbundenheit mit toten Stars zu demonstrieren. Ich bin da auch eifrig dabei. Eine gute Woche ist, wenn möglich viele halbvergessene Musiker sterben. Dann kann ich mich durch deren Werk wikipedieren und abwegige Tatsachen von »aha!« bis »häh?« online stellen. Das bringt Props und bringt Fun in the Church. Beides ja die wichtigsten Sachen im Internet.

Neulich kam mir diese Leichtigkeit des Todesumganges allerdings etwas abhanden. Ich verehre seit vielen Jahren den Sänger der Silver Jews, er heißt David Berman. Meine Freundin schenkte mir sogar mal ein eigens von Jakobus Siebels gemaltes Ölbild, auf dem Berman sehr groß mit seiner Frau im Wohnraum mit dem Hund spielt. Recht unspektakuläre, aber eine herzerwärmende Szene. Es hing dann acht Jahre bei uns im Wohnzimmer.

Aus Gründen hängte ich es neulich ab. Einen Tag später brachte sich Berman um. Ich darf wohl keine Bilder von mir geschätzten Menschen abhängen. Die merken das.

Aber ich darf auch keine malen. Als ich ausnahmsweise mal auf eine To-Do-Liste ein paar Zeichnungen krickelte, sahen die zufällig so aus wie Daniel Johnstons Trademark-Wesen, dieser »Hi, I'm glad«-Frosch. Klingt mittelinteressant? Am nächsten Tag starb auch Daniel Johnston.

Ich bin ja eigentlich für das Führen meines Lebens in Realitätsnähe bekannt, das allerdings deutet ja wohl auf einen 6. Sinn hin. Ja, der sechste ist gemeint. Der 7. Sinn ist nur diese Autowarnserie, aber alle in Deutschland denken, dass der außerweltliche Sinn der siebte ist. So prägend möchte ich mal sein. Sich was ausdenken, was so groß wird, dass das eigentlich Richtige vergessen wird. Ob ich das noch schaffe? Mit OIL könnte es klappen.

Oder wir sterben als Band, bevor wir leben. Das wäre auch eine Möglichkeit, sich den Nachruhm zu sichern. Ich wäre die ideale Zielgruppe für eine solche Strategie. Wenn ich nur höre, dass ein Künstler verschwunden, grotesk erfolglos abgetaucht, den Beruf gewechselt oder verarmt verschieden ist, dann gehen bei mir alle Interesselampen an. Das ist immer was für mich. Ich denke dann, in den Tönen das erlittene Leben von ihnen zu hören. Das verzweifelte Bemühen um Anerkennung, die Einsamkeit der Erfolglosen, die Sackbahnhöfe ihrer Kunst. Zum Beispiel bei Jim Sullivan, Chris Bell, Bob Lind, Jim Ford, Nick Garrie. Alles Songwriter höchster Couleur – und tot, eventuell tot, mal tot gewesen.

Frauen gibt es da übrigens auch. Molly Drake (die Mutter von Nick Drake!), Kathy Heideman, Joanna Brouk, Betty Davis. Und alle meistens mit dem einen großen Meisterwerk, das aber damals keiner zu würdigen wusste und nur in Winzauflage erschien und nur unter Spezialwissern als hörenswerter Schatz galt. The holy grail, now the first time on vinyl. Kitsch? Eindeutig. Doch ich bin ja eh ein gefühliger Typ, dessen zarte Knospen in einer Band wie OIL permanent hartem Bodenfrost ausgesetzt sind.

14:15 Uhr, Mosh

Ich habe geträumt, ich hätte mit Emma auf dem Weg zur nächsten Aufnahme-Session einen Flugzeugabsturz erlebt. Keine Ahnung, warum ich mit Emma in der Cessna saß und nicht Rev, aber so war es nun mal. Wir konnten uns auf eine minikleine Insel retten, auf welcher sieben Palmen und eine Süßwasserquelle vorhanden waren. Nachdem wir ein wenig Verzweiflung durchlebten, entdeckten wir einen Container im Meer. Er kam direkt auf die Insel zu.

In großen Lettern war darauf zu erkennen »Oriental Life Safer Istanbul«. Wow! Was da wohl drin ist? Woher er kam, war ja klar! Emma schnappte sich eine Kette und zog das Ungetüm an Land. Sofort biss sie die Klappe auf. Das Ding war vollgepackt mit Sucuk, Raki und Bauchtanz-Utensilien. Feinste Stoffe und Unmengen Tüll. Ich sah schon eine niemals enden wollende Feier mit viel Getanze, mit unglaublichen Farben in und um uns herum auf uns hereinbrechen, als mich ein Kaffeeduft aus dem Traum herausschwänzelte. Wahrscheinlich war das dann doch zu viel für Rev, und er hat die Sache somit einfach mal beendet.

15 Uhr, Rev

Ich habe ausgeschlafen und gehe rüber ins Hauptquartier. Die anderen drei warten natürlich schon. Sie wollen OIL-Musik aufnehmen. Ich gehe ihnen schon seit Beginn dieser Band auf den Geist. Mit

RAKI
Rhythms from
the
Omar
AKI

meiner angeblichen Unlust, was die Aufnahmen angeht. Immer muss ich noch eine rauchen gehen, habe Hunger oder bin müde. Ich möchte den Sonnenuntergang betrachten, ans Meer fahren oder den Mond beschauen und vergesse darüber öfters, dass die anderen aufnehmen wollen. Und das trifft es dann auch schon: Es ist keine Unlust, es ist einfach Vergesslichkeit und Desinteresse an Musikaufnahmen. Das war schon immer so. Ein totales Desinteresse daran, Musik aufzunehmen. Ich nenn es Arbeit.

Ich spiele und höre gerne Musik, gerne auf der Bühne. Die Erfindung des Grammophons hingegen lässt mich völlig kalt. Giuseppe Verdi bekam davon ja sogar Depressionen. Mir würde es auch nie einfallen eine Schallplattensammlung zu besitzen. Schlümpfe sammeln, okay – aber Musik sammeln ist einfach krank. Wie kann man etwas, das zur Freiheit ruft, das im wahrsten Sinne des Wortes flüchtig sein will, einsperren wollen. Man will den Tönen damit die Exklusivität des einmaligen Moments rauben. Ja rauben, um sie verfüg- und verbrauchbar zu machen. Wenn sich das Prinzip des bürgerlichen Kapitalismus in irgendetwas manifestiert, dann in der Versklavung der Töne.

In meiner kleinen Laufbahn war es anfangs noch so, dass man seine Musik vortrug und dann vielleicht irgendjemand äußerst vorsichtig fragte, ob er das mal aufnehmen könne. Irgendwann wurde es allerdings notwendige Voraussetzung, Musik aufzunehmen, als verkäufliches Produkt, um es danach Leuten live vortragen zu dürfen. Die Umkehrung eines natürlichen Prozesses, den kapitalistischen Anforderungen entsprechend. Wenn die Töne gebannt sind, gehen sie in den Tiefschlaf. Es passiert nichts mehr mit ihnen. Eingefroren sterben sie dann.

Ein Freund von mir macht alte Musik. Richtig alte Musik. Seine Ensembles nehmen natürlich auch Platten auf, das ist jedoch völlig sekundär bei denen. Ich beneide ihn. Das Aufnehmen von Musik hat unter anderem zur Folge, dass sich auch untalentierte Unsympathen diese Welt erschließen können. Das ist wahrscheinlich ein weiterer

Grund für das Einsperren der Töne und die Digitalisierung und Vereinfachung der Aufnahmeprozesse: Talentfreie Wichtigtuer können nun so tun, als wäre ihnen Relevanz inne. Manch einer bezeichnet es als Demokratisierung, die Möglichkeiten der Eliten allen zu Verfügung zu stellen. Ich allerdings bin überzeugter Royalist. Und wäre ich Demokrat, würde ich trotzdem nicht glauben, dass die alten Griechen meinten, irgendein RTL-II-verseuchter, besoffener Honk aus dem Plattenbau, der das Wort Verfassung noch nicht einmal buchstabieren könnte, solle die Regierung wählen. Ebenso wenig wie hedonistische Plattenaufleger Weltstars sein sollten. Wie sagte meine Frau so schön: »Wer nichts wird, wird DJ«.

Ach, lassen wir das. Die anderen wollen nun Ergebnisse erzielen, und ich habe mich den Zeiten eh längst unterwerfen müssen. Nur eines sollen sie wissen: Es ist kein destruktiver Unwille – es ist schlicht Vergesslichkeit, die mich manchmal davon abhält, mich an meinen Arbeitsplatz zu setzen. Also werde ich beim nächsten Stück mein Bestes geben. Glänzen, damit die Stimmung bei uns wieder hell leuchten kann.

17 Uhr, Maurice

Nachdem wir den ganzen Tag mit wahnsinnig zähen Diskussionen über Internet-Kondolenzen und den Überfluss von Tonträgeraufnahmen verschwendet haben, beschließen wir noch vor dem Abendessen einen Song namens »Wichsbold« aufzunehmen. Es soll darin um eine arme, erbärmliche Gestalt gehen. Um die arme, erbärmliche Gestalt, die in jedem von uns steckt. Jenes kleine, ewig minderwertige Seelen-Pflänzlein, das sich vom Leben immer wieder runtermachen lässt und ständig in uns einzugehen droht. Das Männer aus Chefetagen ins BDSM-Bordell lockt und Arbeitslose zum HSV-Fan macht.

Textlich schweifen wir extrem ab und am Ende bleibt eine temporeiche, kryptische Hasstirade, die ich in einer fisteligen Robert-Wyatt-Stimmlage singe. Wirklich erstaunlich diese Band! Den ganzen Tag nur sich selbst anödend herumgedümpelt und dann binnen von nur zwei Stunden einen kleinen Avantgarde-Hit aus dem Hut gezaubert. Wir haben seit ein paar Minuten – aus lauter Begeisterung für den Wichsbold und unsere eigene Produktionsweise – sogar eine Art Band-Manifest zu Papier gebracht. Naja, einen Anfang zumindest: »Bei OIL wird viel mit klassischen Missverständnissen gearbeitet. Aber auch mit Meta-Maß. Deshalb sorgen wir mit OIL immer wieder für Klarheit. Und Verwirrung. Es kann nicht jeder sein eigener Warhol sein. Deshalb haben wir bei OIL beschlossen, zusammen unser eigener Warhol zu sein. Erfahrungsgemäß kann das funktionieren.«

23 Uhr, Gereon

Ich hätte es nicht geglaubt. Kaum neigt sich der Tag ziemlich ergebnislos und prokrastinierend dem Ende zu, nimmt die Band den Schwung aus der Kurve, aus der sie ständig fliegt, mit und fabriziert ein kleines Wunderwerk. Den Song »Wichsbold«.

Klingt erstmal wie ein pubertärer Witz und enthält Worte wie Saftarsch, Fickfrosch, Kackstorch, Lochschwager, Vollsenf, Kötelbach und Brunzbunk. Worte, die auf eine nicht bewältigte, schwierige Adoleszenz deuten. Jedenfalls im Mainstream und von Idioten.

Dagegen bin ich auch mit 50 noch hoch allergisch: Auf die Zuschreibung »kindisch« und »albern«. Auf das spießige Humorverständnis von konservativen Erwachsenen, die meine Eltern sein könnten, aber genauso alt sind wie ich. Und die sich mokant über solche schönen Worte wie »Wichsbold« aufregen, nur weil sie sich und ihre öde Wortwahl für die edlere Lebensvariante halten.

Wie ich das hasse, gesagt zu bekommen, spät erwachsen zu werden. Dabei ist es umgekehrt: Ich bin spät Kind geworden! Viel zu spät.

Heute mit drei anderen Herren in einer Hütte zu sitzen und Zeilen zu dichten wie: »Fickfrosch, Du Wichsbold! Deine Maniküre ist meine Fußpflege!«, deutet eben nicht auf eine infantile Charakterbildung hin, sondern auf eine erweiterte Idee vom Salat des Lebens.

Bei mir ist dieses Missverhältnis eh stark ausgeprägt: Mein Humor wird sehr oft falsch verstanden. Als um jeden Preis den bereit liegenden Gag aufhebend, die Oma und Mutter verkaufend, pubertär, unsensibel gar.

Zudem denken viele Leute, bei mir sei immer alles lustig gemeint. Doch bei mir ist nichts lustig gemeint, nein, es ist lustig, eventuell lustig – aber ernst gemeint. Sehr ernst. Ich bin auch in jedem Witz auf der Suche nach der Wahrheit. In jedem Bonmot, jedem Kleingag, jedem lustigen Widerwort ist die Suche nach der Wahrheit zu finden.

Und außerdem ist Humor für mich die einzige Form zu überleben. Es ist meine Methode, damit zurechtzukommen, dass Menschen das Schönste sind, was sie haben und zugleich das Schlimmste, was die Erde hat.

Manchmal, wenn man über die wahren tiefliegenden Eingeweide in unseren Seelen spricht, gerät auch Humor in den Fokus. Man sieht ihn als Ausdruck eines Versuchs an, den anderen überlegen zu sein. Und das stimmt, aber nicht nur. Und es stimmt auch nur zum Teil, dass ein recht ausgiebig Witze machender Mensch, als der ich ja gelte, immer dadurch einen Schutzwall aufbauen würde, hinter dem er sich verstecken könne. Das Gegenteil ist auch hier richtig: Ich öffne mich durch meine Witze. Ich lasse die ganzen schräge gebauten Menschenwesen an mich heran. Sehr, sehr nah heran. An meine innere Gottesmutter, an mein Ich.

Mehr kann ich ja wohl nicht von mir wollen.

6. TAG

Morgens, Rev

Ich hatte gestern Abend tatsächlich noch versucht, mein Bestes zu geben. Früher hätte ich dafür ein Instrument gespielt, gesungen oder getanzt. Nun drück ich nur noch auf Start der Rhythmusmaschine und auf Start der Aufnahmen. Das allerdings in einer Art, die das Gefühl vermitteln soll, mein Bestes zu geben. Vielmehr geht ja auch nicht mehr in meinem Alter. Während die Aufnahme läuft, hör ich zu und mache mir Gedanken, was ich damit später in Berlin anfangen könnte. Ich habe daher fast nie einen Enthusiasmus, welchen ich den anderen zeigen könnte. Ich tue aber so. Das soll man so machen, hab ich mal gelernt.

Diesmal hatte ich mir einen kleinen Scherz erlaubt, was eigentlich gar nicht meine Art ist. Also Scherze und Humor und so. Das hat ja oft etwas unendlich Trauriges, Zwanghaftes, Hilfloses. Eine merkwürdige Unfähigkeit oder Verweigerung artikulieren zu wollen. Die große Frage nach Allem und Nichts, die dann mit Level 42 beantwortet wird, und alles lacht sich schlapp. Vielleicht ist Humor eine Form, welche die Angst vor dem Unbekannten erträglich machen soll. Vielleicht auch einfach Faulheit, sich an der Wirklichkeit, was immer das ist, abzuarbeiten. Trotzdem soll in jedem Witz ein Fünkchen Wahrheit stecken, hab ich mal gehört. Ein Fünkchen. Darum hab ich vielleicht aufgehört, Scherze zu machen. Da wird meistens nicht gelacht – eher werden andere dadurch schnell böse auf mich.

Auf jeden Fall hatte ich nun auf der Rhythmusmaschine einen fast unmöglich zu begleitenden Groove aufgerufen. Mosh kommt dadurch total in Form, versteht den Rhythmus völlig anders, als die kleine Rhythmusbox ihn meinte. Er dreht ihn unbewusst in seinem Verständnis um, halbiert ihn und was weiß ich nicht noch alles. Auf jeden Fall ein genialer Basslauf, auf den niemand sonst kommen würde. Eine schöne Vorlage. Maurice hat heute Morgen dann das ganze nochmal neu eingesungen so kurz vor der Abfahrt. Dieser Zeitpunkt scheint sich immer mehr für ein extra Extra bei OIL herauszukristallisieren. Der Gesang ist von einer völlig verrückten Lethargie geprägt und erinnert dabei gleichzeitig an Canned Heat. Auf der Heimfahrt kriege ich Visionen von den schönen, aber wenigen Overdubs, welche die Substanz veredeln werden. Ich höre schon meine abgefahrensten Lieblingssounds und muss kurz sogar mal über den Text schmunzeln. Er ist ganz lustig – mit ein bisschen Wahrheit drin.

Abends, Gereon

Nach dem Wichsbold-Höhepunkt ist für mich diese Heidmoor-Session beendet. Ich gehe abends noch ein bisschen spazieren. Die Gegend ist fantastisch, stiller kann es kaum sein als hier draußen. Meilenweit sieht man keine Häuser. Hier zwingt einen der Kosmos dazu, sich über ihn Gedanken zu machen, indem er sich in Ruhe präsentiert. Hier kann man nicht anders, als sich mindestens halbtiefe Gedanken zu machen, während man den Feldweg im Dunkeln entlang geht.

Meine größte Alltagsfrage ist ja, ob es mehr Sterne oder mehr Sandkörner im Universum gibt. Ich habe mal gelesen, dass es mehr Sterne geben soll. Und ich liege dann jedes Jahr am Strand, lasse millionenfach Sand durch meine Hand rieseln, ziehe in Erwägung, dass diese winzige Menge da in meiner Hand nur ein Nano-Bruchteil von allem Sand auf der Welt ist, und stelle mir dann vor, es gibt noch mehr Sterne. Noch mehr! Irre. Ich fühle mich gleichzeitig klein und groß.

Wichsbold
WX
BLD

Ich werde dennoch nie nachschauen, ob es stimmt. Ich will nicht wissen, ob es wahr oder falsch ist, will es niemals wissen wollen. Selbst wenn ich im Altersheim in Italien sitze, in einem für 1 Euro gekauften Dorf im armen Süditalien, selbst dann will ich mich noch darüber freuen, dass ich es nicht weiß. Es gibt Realitäten, die vermeide ich. Weil es andere gibt, die ich nicht ignorieren kann.

Diese Woche ploppten zwei Meldungen auf, die zusammengehören, aber von den meisten nicht sinnfällig zusammengedacht werden. Erst wurde im Marianengraben auf dem Meeresgrund eine Plastiktüte gefunden. Also an der tiefsten Stelle der Erde: Leeres Plastik.

Und dann illustrierte ein unglaubliches Bild von High-Class-Bergsteiger-Zelten auf dem Kamm, der zum Mount Everest führt, den Tod von mehreren Bergsteigern. Im Stau auf dem Weg zum Gipfel gestorben, konserviert durch Kälte und Thermostoff. An der höchsten Stelle der Erde: Volles Plastik. Dann doch lieber bei meinen eigenen Wirklichkeiten bleiben, die lassen wenigstens Platz im Kopf.

Das zweite, große mich als Metapher meiner Metaphern beschäftigendes Rätsel meines Lebens ist folgender Satz: Wenn man die Erde so erforscht hätte wie die Tiefsee, hätte man noch nicht einmal die Elefanten entdeckt. Wie sagte doch der große Philosoph Django? »Wenn man sich schon Illusionen macht, dann aber richtig! Es muss stimmen, auch wenn es nicht für lange ist.«

Wie dunkel das hier ist. Ich glaube, ich gehe lieber wieder zurück. Ich fühle mich der Unendlichkeit des Universums näher. Ich bin jetzt genau wie der Kosmos: Endlich unendlich.

IV. **HEIDMOOR III**

Heidmoor hat sich nicht verändert. Die Einwohnerentwicklung ist leicht rückläufig, da jemand gestorben ist und es keinen Zuzug gab. Die Gruppe OIL ist zum dritten Mal in Bugmanns Hütte.

1. TAG

Fahrt nach Heidmoor, Rev

Ich fahre mal wieder nur mit Emma nach Heidmoor. Ich fahre sehr gern allein. Oft halte ich unmotiviert irgendwo an, das geht mit Mitfahrern nur schlecht. Manchmal bin ich auf Tourneen ganze Teile mit dem eigenen Auto gefahren, anstatt mit im Tourbus zu sitzen. Meist unter einem Vorwand. In der Regel kommt das bei den anderen nicht gut an. Musiker und Bands sind so sehr auf das Zusammenspielen und Zusammensein gebrieft, es ist entsetzlich. Diese Panik beim Spaziergang, den man gar nicht genießen kann, weil man sich immer fragen muss, wo die anderen sind. Dieses stumpfe Herdenverhalten empfand ich stets als zutiefst belastend. Dazu dieses beflissene Schnellgehen. Schnell zum Restaurant, schnell zum Hotel, schnell in den Club. Als ob man es eilig hätte.

Ich kann gar nicht mehr schnell gehen. Ich hab es mir irgendwann abgewöhnt, vielleicht aus Snobismus. Sich wie ein Dienstbote beeilen zu müssen, ist einfach nur grauenvoll. Selbst beim Autofahren stelle ich mir lieber vor, ich würde stillstehen und die Welt um mich herum bewegt sich wie Weltraumschrott an mir vorbei. Das beruhigt mich.

Meine Frau brauchte Jahre, um sich an mein Schneckentempo zu gewöhnen. Ich bleibe dazu auch noch überall stehen, blicke in Schaufenster, schaue mir Häuser, Menschen, Tiere und Tore an. Ich lese auf einem Weg alle Speisekarten und Aushänge bis zur letzten Zeile durch. Mein Therapeut meinte, ich müsse aufpassen, nicht aus Versehen eingeliefert zu werden. Vor allem wenn ich eine Viertelstunde einfach nur an einer Ecke rumstehe, schauen die ansässigen Ladenbesitzer und vorbeihetzenden Kitaeltern argwöhnisch.

Nils Koppruch schrieb ein Lied über Eckensteher und Nichtsnutze und dergleichen. Er hatte auch diesen Bleiblick, und so verstanden wir uns manchmal wortlos. Vielleicht war da ein Draht, weil er ebenso wie ich auf St. Pauli aufgewachsen ist. Was soll dann noch kommen, wohin sollte man sich beeilen? Höchstens noch nach Baden-Baden, wo ich mich schon immer sehr wohl gefühlt habe.

Meine Eltern haben die Beatles im halbleeren Indra live gesehen, ein Onkel von mir war Schlagzeuger in einer Beatkapelle, mein Vater war im Boxclub Sportmann eine Zeitlang Sparringspartner vom Starclubbetreiber Horst Fascher, der dann später Tourmanager von Tony Sheridan im Vietnamkrieg wurde. Für mich waren diese ganzen Legenden, die im Starclub gespielt hatten – Chuck Berry, Ray Charles, Little Richard, Gene Vincent, Beatles und die ganzen Engländer sowieso – eben nicht aus einer fremden magischen Welt. Sondern Teil einer Welt, in der ich aufgewachsen bin und von der ich wusste, wie die morgens bei Regen aussieht. Ich bin mit diesen ganzen Geschichten um den Starclub herum großgeworden. Geschichten, in denen eben auch die ganz, ganz Großen aus Übersee manchmal ganz schön klein werden. So klein, wie man selbst ist. Ehrfürchtiger Respekt wird einem so schnell ausgetrieben. In Hamburg war Subkultur damals noch eine sehr proletarische Welt und auch stark durch die Halbwelt geprägt. Hamburg war körperlich und sexy. Für mich gibt es heute keine größere Unsexiness als Popkulturseminare an einer Uni. Die zerstören da alles an subversiver Potenz und merken es nicht einmal. Man sagt: Wenn die offizielle Welt die inoffizielle erst aufgefressen hat, verhungert sie und geht zu Grunde. Demnach leben wir in einer Art Endzeit.

Nach meinen ersten Auftritten auf dem Kiez, die manchmal bis sechs Uhr morgens gingen, habe ich dann durchgemacht und musste morgens zum Schlafen in die Schule. Gymnasium St. Pauli Budapester Straße. Das war normal. Das war für mich ein bisschen so, als ob jemand eine Ausbildung im väterlichen Betrieb macht.

Als es bei mir mit Plattenaufnahmen und größeren Konzerten losging, hingen meine Eltern immer backstage rum, einfach entsetzlich. Ich habe die da auch nie rausgekriegt. Meine Musikerkollegen waren natürlich fast immer auf der Seite meiner Eltern, manche quasi mit denen verbrüdert.

Für mich fiel also dieser ganze Komplex »Sich über Rock- und Punkmusik oder auch durch die Halbwelt zu emanzipieren und in Opposition zu treten« somit aus. Dieser Kick, der bei den anderen durch ihre natürliche Opposition entstand, war mir nicht gegeben. Vielleicht musste ich wegen dem Ganzen damals eben noch wilder, dümmer, bescheuerter und unerträglicher sein als meine ganzen Kollegen.

Und auf der anderen Seite war ich mit Anfang 20 schon unglaublich müde, unvital, gelangweilt und langsam. Es war auch die Zeit, in der Heroin noch viel höher im Kurs stand als Kokain. Wer Spaß haben oder gut drauf sein wollte, galt als Idiot.

Eventuell spielt auch Mentalität beim Langsamsein eine Rolle. In Norddeutschland, speziell am Wasser, stehen viel mehr Bänke herum als anderswo. Eine Flut von Bänken. Selbstgebaute, gekaufte, improvisierte. Überall wird zum Verweilen eingeladen. Kein Mensch wäre dort so verrückt und würde wandern gehen. Man verschleudert keine Energie, wo es nasskalt ist. Schleswig-Holstein ist ja ein bisschen das Italien Nordeuropas. Vieles hängt dort auf halb acht.

Ich habe noch keinen Stopp eingelegt und merke, dass ich wohl durchfahren werde. Der Radiosender fängt kurz vor Lübeck an zu schwimmen, ich drücke den Sendersuchlauf. Er loggt sich bei einem völlig überdrehten und schwachsinnigen Format-Rock-Sender ein. Nach dem vierten Gewinnspiel, man konnte Gutscheine für einen neuen Burgerladen in Neumünster gewinnen, kommt eine Newcomerband namens Geiles Pulver. Sie singen den OIL-Song »Frei wie der Wind«. Die Strophen haben einen anderen Text, aber den Refrain kann ich gut mitsingen, was ich auch in vollem Bewusstsein tue.

Es ist schon eine fremde, seltsame Welt, die da draußen mit 190 Sachen an meinem Auto vorbeizieht.

Hr. Universal
PEACE
Ja Ja Jaaa "PULVER" heiß heiß
FREI WIE DER WIND

2. TAG

Vormittags, Maurice

Ein komischer Flashback zwischen Küche und Klo. Vor ein paar Wochen stand ich nach einem Konzert draußen auf den Treppen der Berliner Volksbühne. Rauchend und biertrinkend. Da kam ein Brezelverkäufer mit einem Korb voll frischer Brezeln auf mich zu und fragte, ob ich nicht Gebäck kaufen möchte. Ich verneinte, fragte stattdessen nach Nüssen.

Da erwiderte der Brezelverkäufer: »Wenn ich Nüsse verkaufen würde, dann würden die Leute, die Nüsse bei mir kaufen, irgendwann selbst auf die Idee kommen, hier Brezeln zu verkaufen.« Ich nickte zustimmend, doch eigentlich verstand ich kein Wort.

Seither holt mich dieser Dialog immer wieder ein. Was wollte der Brezelverkäufer mir damit sagen? Dass Nüsse geschäftstüchtig machen? Oder Nussverzehr klug macht? Hab ich tatsächlich schon nachgegoogelt. Die Weltformel in einer Nuss? Werde bei unserem gemeinsamen Einkauf nachher auf jeden Fall darauf achten, dass wir genügend Nüsse einkaufen. Und diese kleine Geschichte behalte ich erstmal für mich.

Später Morgen, Rev

Die anderen reden über etwas, ich bin noch fern. Um genau zu sein bei »Frei wie der Wind«. Was ist da passiert? Einer von uns muss den Titel verscherbelt haben. Als alleiniger Autor oder hat er uns alle angegeben? Oder gab es den Titel schon vorher, und er ist unbewusst in unsere Arbeit eingeflossen?

Quatsch, wir haben den hier zusammen geschrieben. Ich hab ihn nicht verkauft, wahrscheinlich könnte ich mich daran erinnern. Mosh mochte den Titel nicht. War es sein Weg, um ihn von OIL fernzuhalten? Kann ich mir nicht vorstellen.

Gereon verfügt über genügend Kontakte und hat eine Zeitlang auch versucht, an so Hitschreibercamps teilzunehmen. In der Hoffnung, Helene Fischer würde etwas wie »Leider Geil« singen. Zudem ist er chronisch pleite und kann seine Familie nicht ausreichend versorgen. Es herrscht dort Fressneid am Abendbrottisch. Ich traue es ihm trotzdem nicht zu.

Maurice ist erfolgreicher Inhaber eines der wichtigsten Indielabels. Warum sollte er das tun? Okay, mit Geld hat er es angeblich nicht so akkurat, hört man. Aber drei Buddys einfach beklauen – ich weiß nicht.

Spreche ich es an? Dann gibt es eine völlig bescheuerte Erklärung und Ausreden, gegen die man nichts sagen kann, und der Skandal versandet darüber allmählich. Worüber dann eigentlich auch alle froh wären. Nein, ohne Internet hier in Heidmoor kann ich die Autorschaft nicht recherchieren. Also werde ich erstmal nichts sagen. Die Aufnahmetage wären damit unter Umständen auch an die Wand gefahren.

Außerdem soll der Missetäter ruhig ein wenig schwitzen. Ob er schon weiß, dass die Nummer im Airplay ist? Die drei wollen langsam anfangen aufzunehmen. Ich beschließe wortlos, mit Emma spazieren zu gehen. Leider leiden auch zwei Unschuldige mit. Oder gibt es gar eine Verschwörung in der Gruppe OIL?

Nachmittags, Maurice

Immer wieder pfeift Rev heute die Melodie von »Frei wie der Wind«. Gereon und Mosh kriegen nichts davon mit. Sie glauben sicher, das sei ein altes Spaghetti-Western-Thema, aber ich weiß es natürlich besser. Es ist definitiv die Melodie unseres Songs. Ich werde nervös. Muss die Gruppe ablenken und bei Laune halten. Ich erzähle von meinem Mailverkehr mit Alfred Hilsberg. Von letzter Woche. Alfred plant nach längerer, gesundheitsbedingter Pause wieder ins Plattengeschäft zurückzukehren. Habe ihm direkt von OIL erzählt. Gereon und Rev finden die Idee spitze. OIL bei ZickZack.

Mosh kennt sich mit Labels nicht so aus und aus Hamburg höchstens noch Crypt Records. Doch am Ende ist es ihm egal, wo unsere Musik erscheint. Fast zwei Stunden erinnern wir uns an den alten ZickZack-Kult. Von der Freiwilligen Selbstkontrolle über Palais Schaumburg bis Blumfeld. Von den Geisterfahrern zu den Neubauten. Auf der allerersten ZickZack-Platte von den Geisterfahrern ist sogar ein Stück namens Öl drauf. Das kann doch kein Zufall sein. Rev geht raus zum Rauchen. Beim Rausgehen pfeift er wieder den Refrain von »Frei wie der Wind«. Hat er Wind davon bekommen? Und wie? Er hat noch kein Wort darüber verloren! Und die anderen beiden? Tun die nur so ahnungslos oder sind sie es? Für mich jedenfalls eine extrem unangenehme Situation. Kann den Song auch nicht mehr zurückziehen. Moment mal, ich glaube der wurde sogar schon veröffentlicht.

Ich kann nicht schlafen. Warum wohnen wir auf der Erde und müssen auf ihr eine Band sein? Was bildet die sich ein? Die ist doch selber schuld an sich!

Wie die schon aussieht: Millionen Jahre alt und noch grün hinter den Ohren. Weil sie nur Photosynthese kann und keine Fantasie hat. Und dann die Unordnung auf ihr, überall liegt Zeug rum. Als wäre Urwald so geil, nein: Urwald ist nur ein nicht aufgeräumter Wald, so sieht es aus.

Ich schäle mich aus dem Bett, sinnlos darin zu bleiben. Setze mich vor Revs Wagen, die Bettdecke dabei. Draußen ist es sackkalt und natürlich dunkel. Sehr, sehr dunkel.

Die Erde ist wirklich eine leistungsschwache Laune der Natur, eine Hälfte von ihr pennt immer. Die sollte sich mal ein Beispiel an anderen Planeten nehmen! Jupiter räumt einmal die Woche auf und Saturn hat schöne Hula-Hoop-Ringe. Die Erde dagegen: Nicht an ihrer Verschönerung interessiert, nicht an Neuentwicklungen. Immer nur drehen, sich in eine Richtung drehen, immer auf Dauerrotation. Nur am Verdrängen. Dreh dich doch mal andersrum, Erde! Mach dich locker, steife Achse! Du frierst und schwitzt ständig abwechselnd. Bist du in den Wechseljahren? Eine Welt in den Wechseljahren! Ey Erde, du bist dünnhäutig! Du lässt dir doch sogar von Kühen deinen Schutzfilm durchfurzen – wer macht denn sowas! Was bist du eigentlich fürn Weichei? Ein Ei ist ja wenigstens noch oval, aber du bist nur rund!

Wer hat da was gerufen? Was soll die Erde machen? Oder habe ich aus dem Schlaf gerufen? Offenbar. Ein merkwürdiger Vogelsound antwortet. Oder ist es ein vierbeiniges Tier? Mir egal. Emma ist hier.

Es riecht komisch. Nach durch Sauerstoffmangel ablaufender Zersetzung biotischer Stoffe; also Fäulnis. Ist das unangenehm. Ich stehe auf, zieh mich an und trete aus dem Bauwagen. Mein Blick geht auf das Feld. Es scheint auszudünsten. Nachts hat man mehr Weltgefühl. Eigentlich komisch, dass man im Dunkeln viel intensiver wahrnimmt, wo man sich befindet. Vielleicht wird der Himmel durch die Sterne dreidimensionaler und es so anschaulicher, dass dieser Planet nur ein winziger Teil im Kosmos ist. Tagsüber ist der Himmel eindimensional. Und wenn es Wolken gibt, gehören diese ja auch zur Erde und nicht zum Kosmos. Der Tag ist flach und einfältig, denke ich vor mich hin. Öde, weil irdisch.

Und wie schlecht diese Erde mit sich umgeht. Das Geile, Flugsaurier zum Beispiel, lässt sie aussterben, das Ätzendste lässt sie auf sich weiterstinken. Mit Menschen kann man wenigstens reden, wenn sie schlecht mit sich umgehen; zumindest theoretisch. Aber mit der Erde ist kein Dialog möglich. Dabei sollte sie doch mal langsam checken, dass es nur mit »for free« nicht geht. Sie sollte mal Geld nehmen. Eine Art Maut. Alle sind ständig auf ihr unterwegs und nutzen sie ab, alle nutzen sie aus. Und sie selbst geht mit sich um, als hätte sie sich nochmal im Kofferraum.

Die Erde lässt sich sogar noch von so einem wie mir beschimpfen. Erbärmlich. Die hat aus wenig nichts gemacht. Na ja, nichts vielleicht nicht, aber sie ist doch als mächtiger Urknall gestartet und nun? Wann war sie denn zuletzt »Planet of the year«? Schon ein bisschen her.

Um mich herum ist es still. Verdächtig still. Als ob mir jemand zuhören würde. Sie vielleicht? Sie vielleicht endlich? Ich rufe, erst normal, dann lauter, lasse alles raus: Ey Erde! Du Heimkind des Universums. Sag doch auch mal was!

Stattdessen läuft eine Silhouette übers Feld, und Emma fängt wie wild an zu bellen. Es scheint Maurice zu sein. Er schaut nicht zu uns, geht einfach immer weiter in den Dunst und hebt dabei seine Arme, als bete er oder wäre ein Kriegsgefangener, der gerade abgeführt wird. Ich gehe ums Haus, Emma läuft auf meinen Wagen zu. Davor liegt ein Klumpen in eine Bettdecke gehüllt. Emma zerrt daran rum. Der Klumpen fängt an sich zu bewegen, richtet sich auf und trottet auf Gereons Hütte zu. Ist er es selbst? Ich denke an Roald Amundsen, Robert F. Scott und Konsorten. Erfroren im Eis. Wie gut, dass wir eine topausgebildete Rettungshündin dabei haben. Ich hätte das Wesen wahrscheinlich übersehen.

Nachts, Mosh

Merkwürdig. Mein eigener Mocca lässt mich nicht schlafen. Habe auf einmal nur noch einen kreisenden Gedanken: Rund ist dumm! Selbst die Erde ist dumm. Eigentlich hat sie doch außer uns Irdischen nichts hinbekommen. Nicht mal dieses ganze Science-Fiction-Zeug ist von ihr, das haben wir Menschen uns ausgedacht. Lass doch endlich mal losfliegen! Aber bei dir, Erde, ist der Sky das Limit.

Überhaupt: Man weiß eigentlich gar nicht, was genau unsere Erde Tag und Nacht macht. Sitzt sie? Steht sie? Fliegen kann man das nun auch nicht nennen, da würden wir ja irgendwann mal ankommen.

Hinterm Horizont geht's weiter, heißt es. Aber sicher nicht für unsere Erde! Die sitzt seit Jahren im Stadion und rafft nicht, dass sie selbst der Ball ist. Zugegeben, ich schaue auch gerne nur zu. Oft tagelang.

Aber ihre ewige Beschäftigung mit sich selbst. Das kann doch nicht gesund ein. Immer nur Bohren, Brennen, Schlagen, Flözen, das ist doch krank! Diese Kugel ist ein kranker S/M-Planet! Wachsen, wachsen, wachsen, alles muss bei ihr wachsen! Diese alte Kapitalistensau! Kann nicht mal irgendwas nur da sein bei ihr?

Wenn die anderen jetzt wach geworden sind, ist es mir auch egal. Nur der Stumpfe schläft.

Späte Nacht, Maurice

Ich kann nicht einschlafen. Es liegt weder an den Unmengen von Fleisch, die wir gestern Abend noch gegrillt haben, noch an meinem schlechten Gewissen wegen »Frei wie der Wind«. Ich schlummerte gerade gemütlich ein und langte bei den ersten Traumvorschaufilmen an, da fingen die Kühe von gegenüber plötzlich extrem laut zu muhen an. Sagt man das eigentlich so? Also »zu muhen anfangen«? Klingt nach Kinderbuch.

Jedenfalls klang es so, als würden die Kühe von jemandem abgeschlachtet werden. Oder besser gesagt: Als würden sie jemanden brutal abschlachten. Und jetzt fangen die Gänse wild an dazu zu schnattern. Emma kläfft in einem fort und die Hunde der umliegenden Bauernhöfe stimmen mit ein. Pferde wiehern. Ich kann ein Wolfsrudel in unmittelbarer Nähe dazu heulen hören. Eine unfassbare Tier-Kakophonie.

Bin ich der einzige von uns OILern, der etwas von diesem nächtlichen Spektakel mitbekommt? Ich ziehe mir eine Jacke über meinen Pyjama und gehe raus aufs Feld. Der Vollmond beleuchtet die ganze Wiese. Dazu dieser tierische Sound. Unter meinen Hausschuhen habe ich das Gefühl, dass der Boden vibriert. Als würde die Erde knurren. Ist das etwa ein Erdbeben? Ich habe noch nie ein Erdbeben miterlebt. Vielleicht auch alles nur Einbildung. Somnambule Halluzinationen. Folgen von Schlaflosigkeit? Kenne mich mit Schlaflosigkeit nicht so aus. Schlafe für gewöhnlich ausgezeichnet.

NATURTRÜB
PLUTO
OIL

Mir ist kalt. Ich gehe wieder zurück in Bugmanns Hütte. Es ist gleich 4 Uhr. Ich stelle den Wasserkocher an, aber der geht irgendwie nicht mehr. Ich koche das Wasser auf dem Gasherd. Der Dampf, der aus dem Topf aufsteigt, bewegt sich ganz gleichmäßig. Wie Sinuswellen.

Morgengrauen, Rev

Ich schaue an die Decke meines Bauwagens. An Einschlafen ist nicht mehr zu denken. Die Ausdünstungen des Planeten, das Bild von Maurice auf dem Feld. Amundsen, Scott und Gereon Klug, diese Welterforscher und Freunde des Kältetodes, das alles lässt mich nicht mehr los. Wie kann man auf die bescheuerte Idee kommen, auf den Mount Everest zu steigen oder den Südpol zu suchen? Und: Stellen Musikmachen und eine Schallplattenaufnahme eigentlich einen Unterschied dazu dar? Ich hätte das immer mit einem Ja beantwortet, bin mir aber mittlerweile unsicher.

Aufs Land fahren und ein Album aufnehmen und dann einen der aufgenommenen Titel heimlich an ein Majorlabel zu verkaufen – was ist damit? Ich bin mir mittlerweile sicher, dass Maurice es war. Lug und Trug überall. All das Nette dieser kleinen Gemeinschaft ist so dahingegangen. So stell ich mir die Restgemeinschaft einer untergehenden Arktisexpedition vor. Wenn es an die letzte Dose Büchsenfleisch geht, hört die Brüderlichkeit auf.

Könnte man die Missetat nicht einfach unter menschlicher Schwäche, Versuchung und Verlockung verbuchen und generös verzeihen? Es morgen beim Frühstück einfach mit einem kleinen Gag begleitet ansprechen? Es so aus der Welt schaffen, verbuchen wie die echten Männer in einem Western- oder U-Boot-Film?

Das Problem dabei ist, dass es überhaupt keine echten Männer gibt und auch zu keiner Zeit gab. Das ist lediglich ein komplett irrsinniges Phantasieprodukt, unter dem die Menschheit seit der Ilias leidet. Ein Produkt, das einem Betrug, Zorn und Rache nahebringen möchte und dabei als Heldentum verkauft. Heldentum aber ist nichts weiter als die Angst, dass man als Nicht-Alpha zu wenig vom Kuchen abbekommen könnte. Vertrauenslose Schwäche, die mit Gewalt, List und Tücke kompensiert werden muss. Ein anderes Konzept konnte sich bislang nicht wirklich durchsetzen. Im Gegenteil: Für die Idee, es mal anders zu versuchen, mit Empathie und Nettigkeit und Toleranz für die Schwächen anderer, dafür wurde mal einer übelst ans Kreuz genagelt. Von genau diesen Alphamännern. Leuten, die sich jeglichen Konsens zu eigen machen, um davon zu profitieren. Völlig egal, worum es sich gerade handelt. Völlig egal, worum es gerade geht. Hauptsache, es lässt sich ein Schnitt damit machen. Dafür stilisieren sich diese Pseudos zu Verfechtern, ja Helden jeglicher vorherrschender Mode und Gesinnung und leben heutzutage den erbärmlichen Talkshowmodus. Ein unwürdiges Spiel für Barbecue-Typen. Ich werde der Band Grillverbot erteilen müssen!

Wie würden sich Mosh und Gereon verhalten, wenn sie von »Frei wie der Wind« wüssten? Generös, wütend, es mit Humor oder Zorn nehmend? Vernünftig und pragmatisch würden sie es sicher besser machen. Nicht wie ich auf die Selbstbezichtigung warten. Das ist eigentlich die schlimmste aller Rachen. Jemanden in die Selbstanklage treiben zu wollen, erinnert an »1984« von George Orwell. Anstatt dem Delinquenten die Klärung als Erleichterung anzubieten. Ihm die Hürde zu nehmen. Sich am Ende der Dinge gegenseitig verzeihen zu können, das wäre schön. Dass einem selbst verziehen wird, das kann man sich kaum vorstellen, und darum schafft man es auch selten, anderen zu verzeihen. Mein Gott, es ist doch nur ein fucking kleiner Beschiss, es betrifft nur einen völlig unwichtigen Song.

Mir ist schwindelig. Dabei dreht sich in Wirklichkeit nur der Bauwagen, in dem ich liege, um sich selbst. Ich spreche es morgen einfach an. Ich versuche weiterzudenken. Dabei merke ich, wie es immer kälter wird. Und kälter …

FUNKADELIK
MAGGOT BRAIN

3. TAG

6:39 Uhr, Mosh

Scheiße kalt, ich mag gar nicht aufstehen. Aber sind das endlich unsere letzten Tage? Ich weiß es nicht. Bisher lief alles ganz ok. Wir haben zwei Stücke – das muss reichen. Und irgendwie ist die Stimmung nicht mehr ganz so famos. Erstmal Kaffee. Ich höre Rev in seiner Bude rumfluchen, was hat er bloß? Nachdem ich gestern Nacht den Strom in seinem Bauwagen ausgeschaltet hatte, war doch eigentlich alles ganz ruhig.

Vielleicht schaffen wir es, noch einen letzten Song aufzunehmen. Dann ist aber gut. Die Inspiration gleitet nämlich so langsam davon, wiederholen wir uns nicht schon jetzt ständig? Komisch, anscheinend haben wir gestern Abend vergessen, die Rhythmusmaschine auszuschalten. Mocca fertig, Bass in der Hand. So lässt sich erstmal in den Tag reinmeditieren. Schau an, Maurice ist auch schon wach und schnappt sich die Gitarre, sehr gut. Das brauche ich jetzt.

Rev flucht immer noch herum. Mein Gott, das bisschen Kälte müsste er doch gewohnt sein, wenn er so durch den Norden segelt. Außerdem haben die mich gestern Abend zu Tode genervt mit so einem bescheuerten Rockmusik-Klassiker-Quiz, das im Radio lief. Ein Haufen Songs von so Langweilern wie Van Halen, ZZ Top oder Bob Dylan und so weiter. Sogar Pat Benatar. Ich hatte null Punkte, Rev neun. Die anderen lagen dazwischen mit all den nutzlosen Informationen, welche ihre Hirnwindungen verstopfen. Na ja, nennt man das Musiknerd oder Klugscheißer?! Ich weiß es wirklich nicht.

Herrlich, ich habe einen Basslauf gefunden, den ich jetzt jahrelang durchspielen könnte, und Maurice steigt ein, und wir mäandern so durch das Moor der Heiden. Rev scheint sich beruhigt zu haben. Er steht draußen und raucht. Emma ist bei ihm. Wo ist eigentlich Gereon?

Als wir so auf den spärlichen, sich immer wiederholenden Tönen vor uns hingleiten, frage ich mich, was jetzt wohl mit dem ganzen Scheiß passiert. Scheiß im Sinne von guter Scheiß.

Klar, wir reden immer von einer Platte, einer Tour, dem Essen unterwegs und so weiter. Aber wird das alles überhaupt wirklich geschehen? Oder gibt es ein Therapieende, und jeder geht nach Hause, und man ruft sich nie wieder an, hmmmm.

Andererseits ist schon so viel rumerzählt worden. Gereon hat zwar von Rev keine Aufnahmen bekommen, weil der Angst hat, Gereon würde sie gleich im ZDF-Frühstücksfernsehen präsentieren wollen oder sie mindestens allen seinen Freunden vorspielen, um deren Meinung zu erheischen. Erzählt hat von OIL jedoch sicher jeder von uns schon. Es gibt eigentlich kein Zurück mehr.

6:55 Uhr, Rev

Die Schweine! Buggimann, unser Vermieter, hatte mir eine Möglichkeit zum Heizen des Bauwagens gesteckt, wofür aufwendig ein Stromkabel zum Hauptquartier gelegt werden musste. Ferner muss ein extra mit roter LED gekennzeichneter Lichtschalter im Haus angeschaltet bleiben. Irgendein Trottel hat den am frühen Morgen ausgestellt. Oder eben kein Trottel, dann war es Bosheit. Das ist eher anzunehmen, da ich gestern das Bandquiz in Rockgeschichte, welches wir zu Feierabend leider immer spielen, gewann.

Ich gewinne es meistens und darum nennen sie mich hinter meinem Rücken »Rev-Rock-Bitch«. Pennäler-Humor, der sich immer durch vermeintliches geistreich Sein auszeichnen will. Einer, der sich an der Kombinations- und Bezugsfähigkeit der eigenen Gehirnwindungen aufgeilen will. Beziehungsweise daran, dass diese Gehirnwindungen die Fähigkeiten anderer geschätzter Gehirne angeblich verstehen. Wie oft allerdings sieht man Menschen über Witze lachen, die sie hundertprozentig nicht verstanden haben, gar nicht verstehen konnten. Bei launigen Ansagen englischsprachiger Bühnenkünstler kann man das immer beobachten. Der ganze Saal lacht, aber höchstens 20 Prozent haben gecheckt, worum es geht. Diese 20 Prozent sind die allerschlimmsten, denn deren Humor ist die langweiligste, beschissenste und verlogenste Angelegenheit überhaupt.

Klein sind sie, die OILer. Sie lassen den Opa also bei Minusgraden in der Bauwagenhütte frieren. Ich bin so steif, dass ich mich nicht aufrichten kann. Und das in Seitwärtsrichtung, also ich stehe völlig schief. Emma guckt mich verdattert an, und ich schaffe es nicht mal, mir eine zu drehen, was die größte Katastrophe darstellt. Da ich völlig schief zum Hauptquartier rüberhumpele, ist aus meiner Perspektive die ganze Welt schief. Nach Ewigkeiten habe ich es über die gefrorene Steppe bis zum Haupthaus geschafft. Der Rotz ist mir im Bart gefroren und Emma weicht nicht von meiner Seite, als würde ein Angriff der Inuit bevorstehen. Als ich vor der Tür stehe, ist diese auch völlig schief. Falsch, die Tür ist gerade, also muss auch ich wieder in eine halbwegs aufgerichtete Körperposition gekommen sein. Wenn mein Blick aber von der Tür in die Landschaft schweift, muss ich feststellen, dass diese nun völlig schief und krumm ist. Überall hängt etwas herunter oder ist hier und da nach oben gebogen. Merkwürdig gekrümmt und verbogen wie mein Körper es selbst eben noch war. Mir wird etwas schummrig dabei, und ich gehe ins Haus. Da ist wieder alles normal und ich denke, dass die Kälte mir wohl lediglich das Hirn angefrostet hatte.

Mosh und Maurice sitzen am Tisch, und ich sage ihnen lediglich, dass sie eine Bande schlechter Verlierer seien, um mich dann an den Ofen zu setzen. Mocca und Menemen gibt's auch nicht oder ist längst aufgefressen. Es gab schon ewig kein Menemen mehr. Was wäre, wenn ich meine Pflichten so vernachlässigen würde? Vielleicht wäre dann das ganze Öl der Erde längst aufgebraucht.

7:30 Uhr, Gereon

Die Berlinkäfer sind weg. Ich weiß es sofort nach dem Aufwachen. Sie sind nicht mehr da. Wenn die Kakerlaken sterben, ist die Erde wirklich am Ende, sagt man. Aber ich bin trotzdem nicht sonderlich unruhig. Vielleicht ist nur die Stadt Berlin am Ende. Ist endlich fertig und damit durch. Wenn Berlin fertig ist, ist es fertig. Die Stadt lebt davon, in der Mache zu sein, eine Vision der Zukunft von sich zu haben. Sie lebt von ihren täglichen millionenfachen Anfängen. Wenn dereinst mal das letzte Projekt done ist, die letzte Straße von den Baustellen befreit und alles modernisiert, geplättet, geschliffen, saniert und formatiert ist, dann ist Berlin fertig und zwar richtig. Wahrscheinlich haben das die Käfer selbst hier gemerkt. Sie kommunizieren sicher untereinander über große Entfernungen, so wie Bäume es auch tun.

Der Baum, den ich von meinem Bett hier im Wohnwagen vor dem Fenster sehe, warnt durch Duftausschüttungen sicher gerade einen heranwachsenden Kollegen vor den Rehen und sagt ihm, er solle seine Blätter doch umgehend bitter machen, um nicht gefressen zu werden. So geht das doch in der Natur. Alle warnen sich voreinander, warnen vor dem Fremden – oder unterstützen sich, wenn sie vom Gleichen abstammen. Die Natur ist der größte Rassismus. Allein ihre Idee von »Fressen und gefressen werden«, ihre Idee von Ausgrenzung und Abschirmung, ihre Ideen von Fortpflanzung der

Stärksten und Verbesserung des Gengutes: Alles faschistoide Ideen. Kein Wunder, dass die Nazis Natur mögen.

Eventuell sollte ich doch mal einen Kaffee nehmen, sonst komm ich auf noch wahnsinnigere Gedanken. Morgens ist Quality time fürs Hirn. Was man morgens alles wegdenkt, muss man tagsüber nicht auch noch wegdenken. Körper und Seele haben Zeit und pendeln gelassen im Wind der Ruhe. Das finde ich gut am Menschen: Der Mensch weiß, wann Zeit für was ist. Jetzt ist Zeit für Kaffee.

Gestärkt durch diese schön freien Hirnübungen, laufe ich die 30 Meter zum Haupthaus über die angefrorene Wiese. Es ist um den Nullpunkt. Hoffentlich haben die anderen bereits den Ofen angemacht.

Als ich in die Hütte komme, ist Maurice offenbar schon tagfertig. Unrasiert wie immer sitzt er in einer Art Schlafanzug auf dem Sofa. Er wirkt leicht abwesend, jedenfalls nicht so wach wie sonst. Hat wahrscheinlich eine Mail bekommen, dass in einem Plattenladen in München seine neue Bandhoffnung The Düsseldorf Düsterboys nicht rechtzeitig ankam, und dann bedeutet das, dass auch andere Läden die Platten nicht haben, und »Es kommt doch inzwischen auf die erste Verkaufswoche so dermaßen an« oder ähnlich läppisch-wichtige Indiebusinessscheiße.

Rev kommt um die Ecke und schimpft. Man habe ihm den Strom abgestellt in seinem Bauwagen, wer das gewesen sei?

Warum sollten wir ihm den Strom abstellen, hallo? Ich werde sofort aggressiv, denn Aggression besänftigt man am besten mit Aggression. Man baut ja auch zwei zu laute Flughäfen nebeneinander, damit man keinen hört. Habe ich jedenfalls mal gelesen. Der Schall soll sich angeblich gegenseitig aufheben.

Rev ist in seiner unbändigen Wut minutenlang nicht ansprechbar, dabei hätte er nur aufstehen müssen und im Haupthaus checken, ob sein verdammtes Verlängerungskabel in der Steckdose ist. Wie klein man sich als Mensch machen kann. Immer nur Spielball der eigenen Gefühle sein, wie ein Kronkorken auf dem Meer wumpeln, das wäre nichts für mich. Der seifige Boden der Rationalität ist eher der meine.

Ich spreche Mosh auf einen Mocca an, aber der nimmt seine Finger nicht vom Bass, auf dem er eifrig vor sich hin groovt. Er und Maurice daddeln auf ihren Instrumenten vor sich hin. Wie in einer echten Band. Wie in der Hölle.

9:15 Uhr, Maurice

Ein bisschen habe ich das Gefühl, dass der Saft nicht nur bei mir, sondern insgesamt bei OIL gerade raus ist. Rev hat schlechte Laune wegen der letzten Nacht. Wenigstens gab es bisher noch keine Anspielung auf »Frei wie der Wind«. Er geht alle fünf Minuten zum Kohleofen und will Briketts nachlegen, dabei bollert das Heizgerät die ganze Zeit am Limit. Gereon faselt nur noch von Berlinkäfern. Hält sich wohl für Kafka. Soll sein literarisches Genie lieber mal in Richtung OIL ausfalten. Sicher keine gute Idee, im November in eine alte Försterhütte in Schleswig-Holstein ohne Zentralheizung zu fahren. Wir kriegen die Hütte einfach nicht richtig warm.

Da keine konkrete Song-Idee vorliegt, schlage ich vor, einfach etwas zu jammen. Minimale Musik. Etwas Krautiges. Bisher haben wir immer nur im Verwertungsformat Popsong gedacht. Ich hoffe, dass wir durch eine freie Jam-Session unsere Gemüter wieder ordentlich auf OIL-Temperatur bringen. Rev fragt entnervt nach einer Idee von Rhythmus. Ist mir beim Jammen eigentlich immer ziemlich egal. Kann mich auf so ziemlich jeden Groove einlassen. Er will es aber genau wissen und skipt sich angefressen von Preset-Pattern zu Preset-Pattern. Ich sag einfach schnell Stopp, damit es endlich weitergeht. Irgendein wahlloser Rock-Shuffle.

Mosh hat den Bass seit langem eingestöpselt und legt wieder los. Ich spiele auf Revs elektrischer Hohner-Gitarre. Mosh und ich verzahnen uns musikalisch wie immer sehr schnell. Er liebt wie ich repetitive Muster in der Musik. In den meisten Lebensbereichen finde ich erkennbare Wiederholung meist ermüdend. Aber beim Musizieren nicht. Dabei ist es in Wirklichkeit auch nie eine exakte Wiederholung eines Musters, sondern immer nur die Annäherung daran. In ganz feinen Nuancen liegt in minimalen Musiken der Unterschied. Die sind natürlich nur für gute Ohren überhaupt zu hören. Musikern, denen das Talent zur Improvisation fehlt, lehnen Genres wie Krautrock aus guten Gründen ab. Rev lehnt Krautrock allerdings nicht wegen mangelnden Talents ab, sondern vermutlich deshalb, weil seit seiner Jugend allein der Begriff des Jammens ausschließlich mit der Hippie-Fraktion in Verbindung gebracht wurde. Also mit der Musik von Erdkundelehrern und Sozialarbeitern. Atomkraft nein danke, aber Musik aus Strom. Nix für Rev.

9:19 Uhr, Rev

Was für eine beklemmende Stimmung in der Hütte. Aber ehrlich gesagt, möchte ich auch keine andere. Alle sitzen rum, als würden sie Fingernägel kauen. »Wollen wir nicht mal anfangen«, fragt jemand. »Womit?«, antwortet ein anderer. Ich kann und will ihre Stimmen nicht mehr auseinanderhalten. Was für ein dämlicher Brei von Ansichten, Meinungen, Bedürfnissen, Feststellungen, scheinbaren Witzigkeiten, scheinbaren Intelligenzien und was weiß ich noch alles an Belanglosigkeiten. Auf der Fahrt zum Supermarkt hatten wir uns sogar über Politik unterhalten. Das ist noch peinlicher, als zusammen zu kochen. Gott, wie ich mich schäme.

»Anfangen mit Aufnehmen vielleicht«, wiederholt Maurice

irgendwann. Mosh sitzt schon mit gegürtetem Bass in der Hand und schaut mich an wie Emma. »Wirf den Ball, bitte drück den Aufnahmeknopf, mach doch mal einen Rhythmus.« Wo bitte soll da der Unterschied sein? Der einzig positive Unterschied besteht darin, dass Hunde zum Glück nicht reden können und keine Bands gründen. Wann werden Menschen wie Gereon, Mosh, Maurice und ich endlich verstehen, dass schon längst alles gesagt wurde und es keinerlei weiteren Worte mehr bedarf, dass es seit tausenden von Jahren keinen einzigen neuen Gedanken mehr gab und geben kann und die Welt lediglich noch eine schlechte Fotokopie einer schlechten Fotokopie einer schlechten Fotokopie einer ... ist. Wann wird die Menschheit endlich kapieren, dass die Welt auf keinen Fall eine weitere Band braucht. Nie! Nie! Nie!

Ich wusste nicht, dass Lethargie und Zorn eine wohltuende Einheit eingehen können. Und in genau dieser drücke ich den Aufnahmeknopf und so lange einen Rhythmus nach dem anderen, bis endlich jemand Stopp sagt und ich diesen einfach laufen lasse. Danach drehe ich die Abhörmonitore so leise, wie es nur geht, rufe den Hund und verlasse die Hütte, um spazieren zu gehen. Vielleicht male ich dann später noch eine Pfeife oder sogar zwei.

Ich dreh mich nochmal um und schrei es wie ein Irrer in die Hütte: »Vielleicht mal ich heute eine Pfeife oder sogar zwei!«

Maurice nimmt die zittrigen Hände von der Gitarre und antwortet: »Ja, mach doch einfach.«

»Ja, weil ich frei wie der Wind bin! Verstehst Du? Frei wie der Wind!«

9:25 Uhr, Mosh

Jedes Mal, wenn ich so in Basslauten vor mich hinträume, bekomme ich ein mulmiges Gefühl so direkt unter dem Herzel. Bin ich zu streng mit unserem Zustand hier, sollte ich versuchen, auf jeden Fall bei guter Bandlaune zu bleiben? Aber irgendwas stimmt doch hier nicht. Bilde ich mir das nur ein, oder wird die Stimmung unter uns allen gerade im Fünfminutentakt immer lausiger? Und wieso sehen jetzt alle in unserem Rudel so aus, als wären sie in einer sich ständig verschiebenden Parallel-Zeitachse?

Im Fluss der Zeit und nicht ganz greifbar. Und auch wenn ich aus dem Fenster rausschaue, ist nichts mehr so recht definierbar und bewegt sich in eine immer kräftigere Unschärfe hinein. Habe ich die Tage doch zu viel gekifft, oder was? Ist das alles echt oder gleite ich in einen persönlichen Psychothriller hinein? Ich spiele einfach erstmal weiter, Maurice ist ja auch noch mit dabei. Auch wenn ihm das Spielen wohl gerade Spaß zu machen scheint, hat er doch einen sehr ratlosen Ausdruck im Gesicht. Irgendetwas stimmt auch bei ihm nicht.

Lieber wieder aus dem Fenster schauen. Emma gräbt sich gerade in den Acker rein, als ob sie einen Tunnel nach Australien graben wollte. Die Krähen greifen sich gegenseitig an und wollen sich die Augen auspicken.

Himmel! Das ist doch nicht normal! Wo kommen übrigens die Kühe auf einmal her und wieso hören sie nicht mehr auf, alles zuzukacken? Verdammt, wie viel Mist kann so eine Holsteinkuh eigentlich rausscheißen? Der ganze Acker ist schon vollgeschissen. Und wo ist Emma jetzt hinverschwunden? Oh Gott, die Krähen fliegen ohne Augen einfach wild über unsere Hütte hinweg und schreien ihr Endzeitgekrächze mitten in meine Seele hinein. Ohne Augen, als wollten sie sich vor dem Anblick schützen, vor dem, was jetzt anscheinend folgen soll.

Gereon lehnt an der Spüle und betrachtet uns, als wären wir Wildfremde, mit denen er auf keinen Fall ein Bier, geschweige denn einen Mocca trinken würde. Wieso beteiligt er sich nicht? Zum Beispiel mit seinem Saxofon. Hat er es überhaupt dabei? Und kann er es überhaupt spielen? Er hat ja viel Ahnung von Musik, aber ob er auch instrumententauglich ist, hat er noch nicht bewiesen. Allerdings hoffe ich auch ein wenig, dass er es nicht kann. Ein bisschen mehr Trash könnte unserer Musik nicht schaden. Bloß nicht zu professionell werden. Eigentlich wäre es schon lange an der Zeit, einen frischen Mocca oder ein Menemen in Angriff zu nehmen, doch ich komme gerade nicht vom Bass weg. Als ob ich unter Strom stehend an den Saiten kleben würde.

Das Beste wäre jetzt, einfach für immer weiter zu dudeln, während Rev aus Versehen alle Lieder löscht. Wir würden anfangen, uns zu klonen. Unsere Klone würden sich in die Arme nehmen und sich verabschieden, für immer. Mit einem Lebewohl auf den von den tränenden Augen befeuchteten Lippen würden sie in die andere Realität verschwinden, aus welcher wir hierher gefunden hatten. Wir aber, wir blieben für ewig hier sitzen.

9:29 Uhr, Gereon

Ich habe mir nun selbst einen mexikanischen Kaffee gemacht. Einfach Pulver in die Tasse mit heißem Wasser rein und warten, bis es niedersinkt. Dann das kurze Zeitfenster nutzen, in dem man keine Körner auf die Zunge bekommt, aber der Kaffee noch heiß ist. So einen Kaffee muss man trinken können. Dafür braucht man echte Lebenserfahrung.

Aus der Küche betrachte ich die Szenerie. Mit was für Männern habe ich mich da eigentlich die ganze Zeit abgegeben? Gottfried Benn hat angeblich mal behauptet, die ganze Kultur des Abendlandes sei »im männlichen Sitzen« entstanden, aber hat er dabei sowas wie hier vor Augen gehabt?

Maurice und Mosh »jammen« vor sich hin. Beide sprechen miteinander in der Sprache der groovigen Musik. Ich muss nicht betonen, dass dies nicht mein Ansatz ist. Rev fummelt an seiner Rhythmusbox rum. Was er gerade fühlt, kann ich schlecht sagen. Es scheinen Übersprungshandlungen zu sein. Für mich sieht das extrem uninspirierend aus. Aus sowas ist eine Sackgasse wie Krautrock entstanden, da will ich ganz gewiss nicht reinfahren.

Ich bin kein Anhänger solcher Kunst, weil das keine Kunst ist. Offenbar glaubt aber diese Band an die Idee von ermüdenden Wiederholungen und daran, dass etwas »entstehen« kann, wenn man es nur oft genug weichklopft. Was dann entsteht, ist doch immer nur weiches Fleisch. Spannungsarmes, schlaffes Gedudel der Marke »Kann man, muss man aber nicht«. Schrecklich.

Denen muss ich etwas Konkretes, etwas Zündendes, etwas punktuell Geiles entgegensetzen, denke ich. Und natürlich denke ich an meine Kanne, an mein Saxofon.

Die anderen wissen nicht genau, ob ich es spielen kann oder überhaupt dabeihabe. Aber ich habe es dabei und kann – zumindest oberflächlich – auch drauf spielen. Es wird keiner merken, dass ich es seit original 15 Jahren nicht mehr in der Hand hatte. Ich bilde mir ein, meine Fassade des leicht eingerosteten, ehemals leidenschaftlichen Bläsers würde halten.

Als ich mit dem Instrument begann, wollte ich immer Free Jazz spielen: frei sein, nicht üben müssen, keine Regeln kennen. Dass man etwas kennen muss, um es zu zerstören, habe ich erst später schmerzlich lernen müssen. So blieben meine Free-Jazz-Versuche immer recht haltlos und naiv. Ich bratzte so rum, meistens alleine, weil das sowieso zu nichts passte. Nicht unbedingt von einer Muse geküsst, allerdings ebenso wenig von Langeweile weggestoßen, jedenfalls nicht in den ersten 20 Minuten.

Dass ich mir überhaupt dieses in den 80ern schlecht beleumundete Gerät griff, habe ich einem Konzert zu verdanken. In einem Jazzclub in der Nähe von Siegen sollte Peter Brötzmann auftreten. Die europäische Free-Jazz-Legende aus Wuppertal, aber kam nicht. Ein paar Dutzend Gäste und ich warteten bereits drei Stunden, als plötzlich die Tür aufging. Schnee wehte herein und ein Vollbart im Salz- und Pfeffermantel schritt, ohne uns zu begrüßen oder sein Gesicht hochzuklappen auf die Bühne. Stöpselte sein Mundstück in sein Sax und blies los. Zweieinhalb Stunden ohne Pause. Brötzmann setzte fast nie ab, machte keine Ansagen, geschweige denn Kompromisse. Ein Wahnsinn. Ein Terrorgott, der wieder im Dunkeln verschwand. Der lässt sich nichts sagen, der lässt sich nicht aufhalten.

Ich sah keine Grenzen und war vollkommen überwältigt. So wollte ich auch sein. Ich kaufte mir auch ein Saxofon und auch einen Salz- und Pfeffermantel, wie so oft reichte mir der Schein, reichte mir die Attitüde. Üben oder mich anstrengen wollte ich mich ganz sicher nicht. Gespielt habe ich nie viel, meistens nur kurz und intensiv.

Und nun bin ich in einer Gruppe namens OIL, die sich in einem uferlosen Krautrock wiederfindet? Wo Mitglieder jammen und sich daran ergötzen, dass dadurch eine außerweltliche Kraft entsteht? Nicht mit mir.

Ich laufe zum Auto, in dem ich das Saxofon im Kofferraum unter zwei Decken verborgen halte. Merkwürdigerweise ist aber mein Škoda nicht mehr da. Überhaupt scheint der Feldweg nicht der zu sein, den ich kenne. Ich schnall es gar nicht mehr. Sieht alles seitenverkehrt aus. Lechts und rinks vertauscht. Bizarr. Als ich um das Haus rumrenne, ist auf der anderen Seite hinten genau das, was eigentlich vorne sein müsste. Muss ich jetzt nicht verstehen, muss ich jetzt nicht verstehen.

Der Škoda sieht merkwürdig aus. Viel dunkler, als ich ihn in Erinnerung habe. Als wäre er durch ein Fegefeuer geschoben worden. Ist das überhaupt meiner? Im Kofferaum ist der Sax-Koffer jedenfalls noch drin ... Meine Kanne. Ich werde die anderen jetzt mal aufwecken und sie brötzmannisieren.

Nur so kann man diese elende Lähmung in unserer Formation wieder aufbrechen. Als ich in den Wohnbereich komme, ist allerdings keiner mehr da. Nur die Rhythmusbox hoppelt vor sich hin. Das muss ich noch weniger verstehen.

10:10 Uhr, Maurice

Wie lange dieser Rhythmus wohl schon läuft? Wie lange Mosh und ich schon diese sich wieder und wieder ineinander verschlingenden Läufe spielen? Auf ein Gespräch übertragen funktioniert diese Art des Musizierens in etwa so, als würden die Menschen nicht im Dialog miteinander reden, sondern alle gleichzeitig sprechen. So, dass immer genügend Platz für alle Sprecher im phonetischen Raum ist. Jeder bezieht sich beim Sprechen auf sich und gleichzeitig auf das große Ganze.

Wenn zwei Gehirne in einem Raum sind, entsteht immer ein drittes, hat William S. Burroughs einmal gesagt. Das dürfte ja wohl auch für vier Menschengehirne und ein Hundegehirn in einer abgelegenen Försterhütte gelten. Also dass da gemeinsam mehr ist, als wir alleine fassen können.

Ich weiß nicht mehr genau, an welcher Lebenskreuzung ich nicht mehr den Weg des dritten Auges gegangen bin, also nicht mehr den geistlichen, sondern weltlichen Weg. Pop war für mich von Anfang an ein Kompromiss. Mittlerweile weiß ich natürlich, dass es im Pop hauptsächlich ums Geschäft geht. Aus spiritueller Sicht ein fauler

Deal. Aber wenn ich in repetitiven Musiken gebannt bin, vergesse ich sofort, wo im Leben ich da draußen gerade stehe. Und warum. Das wird jedem Sportler beim Training sicher genauso gehen. Und jedem Yogisten. Dass man Yoga immer so hervorheben muss. Dabei ist Yoga doch auch nur Sport. So wie Pilates. Oder Schach.

Die ganze Zeit läuft der Computer im Aufnahmemodus. Wir dürften bereits locker eine Stunde improvisierter Musik aufgenommen haben. Ich will nie wieder aufhören. Bin gerade so froh, mit niemandem über irgendwas reden zu müssen. Nur spielen. Nur Musik. Es hat sich zwischendrin kurz wieder so angefühlt, als würde der Boden unter uns leicht vibrieren. Aber sicher waren es nur die Bassvibrationen von Mosh.

10:14 Uhr, Gereon

Ich gehe wieder raus, wo sind die alle? Leer liegt das Feld links vor mir. Es ist abgeerntet und wahrscheinlich schon fürs nächste Jahr bestückt. Jetzt kann es sich ausruhen. Ob es uns zuhört, wenn es mal nichts produzieren muss? Haben die Pflanzen zum Ernteende Freizeit und dann mal endlich Muße, ihren Bewohnern, also uns, zuzuhören?

Ich stehe an der Böschung, direkt zwischen zaunlosem Grundstück und Nutzfläche. Der Acker macht für mich einen lebenden Eindruck. Auf ihm ist zwar nichts zu sehen, ich spüre jedoch, dass er mit mir in Kontakt treten will. Wahrscheinlich reicht es ihm nicht, immer nur Zulieferer zu sein. Er will auch mal User, auch mal Nutznießer seiner Ausbeuter sein. Vielleicht sind wir im Winter seine Vergnügungsäffchen: Er sieht zu, wie wir ausrutschen, frieren, uns schutzsuchend einkesseln in warmen Quadern aus Beton. Er sieht uns in unserer Unzulänglichkeit in der Kälte. Er selber schützt sich auf natürlichem

Wege. Bodenfrost mag er, darunter muckeln warm seine ungeborenen Früchte. Und oben eumelt der Mensch vermeidend vor sich hin.

Dem Wald mit seinen Bäumen da hinten geht es bestimmt ähnlich. Außerdem scheint er immer näher zu rücken. Richtig wohl fühle ich mich hier langsam nicht mehr. Lieber wieder reingehen und die Natur in Ruhe lassen. Als ich eintrete, sind plötzlich alle wieder da. Maurice und Mosh spielen wieder Bass und Gitarre beim Sofa, Reverend steht daneben und raucht. Sie schauen mich an, als wäre ich ewig weg gewesen.

10:19 Uhr, Rev

Emma und ich kommen nicht vom Grundstück runter. Irgendetwas wie vielleicht Angst hindert uns daran. Eine merkwürdige Angst, eine, die man selbst nicht spüren kann, und Emma weicht nicht von meinem Bein. Sieht dabei allerdings ganz glücklich aus. Neugierig wie immer. Wir versuchen es erneut, kommen aber nicht runter vom Gelände. Ich beschließe, ums Haus zu laufen. Innen sehe und höre ich Mosh und Maurice spielen. Wie in Trance immer wieder dasselbe Riff. Ohne ein absehbares Ende spielen sie die schlechte Fotokopie einer Fotokopie, fotokopieren diese wiederum und so weiter. Ich drehe dabei eine Runde um das Haus nach der nächsten, ohne absehbares Ende. Als hätte mich die Endlosschleife der Rhythmusmaschine in ihrem unnachgiebigen Griff. Wobei ich Endlosschleifen mag. Sich schließende Kreise sind mir die größte Beruhigung überhaupt. Geborgenheit entsteht, wenn ich meinen anscheinend neuen Gedanken vom Morgen eine halbe Stunde später in tausend Jahre alten Schriften wiederfinde.

Bei OIL schließen sich für mich immer wieder die alten Kreise. Als Maurice mich einst bat, mal einen Blick über einige Bandinfos zu werfen, sandte ich ein Brainstorming zurück. Aufbauend, ironisch kam zurück, dass an mir wohl auch ein Verleger verloren gegangen wäre. Er konnte ja nicht ahnen, dass ich bereits im Alter von neun Jahren meine erste Publikation im Selbstverlag herausbrachte. Eine gezeichnete Sexzeitung mit Vampir- und Horroreinschlag, die ich versuchte an der Pinnwand meiner Schulklasse an den Leser zu bringen. Das Dokument einer frühzeitig verwüsteten und ermüdeten Seele.

Gereon brachte am Ende der Aufnahmen Frank Zander ins Spiel, und es gibt sogar ein Textzitat von ihm in einem unserer Songs. »Wo andere unten wurschteln, gehe ich locker oben lang.«

Erstaunlicherweise covert Frank Zander den Vampirsong »Milk and Alcohol« von Dr. Feelgood, nach deren Filmdokumentation OIL benannt sind. Und er covert neuerdings Dexys Midnight Runners, die wiederum eine Lieblingsband von Gereon sind. Deshalb habe ich mir Zanders altes Lied »Nick Nack Man« angehört. Das wiederum könnte die Blaupause für unseren Song »Naturtrüb« sein: Die Rhythmusmaschine, das avantgardistische Playback, der apokalyptische Text – alles ähnlich, sehr erstaunlich. Und noch viel erstaunlicher ist, dass ich eben genau dieses Lied ständig gehört habe, als ich meine erste von Frank Zander geprägte Publikation fertigte, an die mich nun Maurice unabsichtlich erinnerte. So viel Kreise auf einmal, die ineinander kreisen, die ineinander kreisen, die ineinander kreisen wollen.

Bei all dem wird mir wieder schwindelig, und ich betrachte die Umgebung. Das Haus stand gestern noch in einer Senke, umgeben von den erhöhten Feldern. Aus der Senke ist ein Hügel geworden, und die Felder und das Moor drumherum fallen ab. Anfangs sanft wie eine Alm, dann immer steiler in ein Nichts. Gereon steht knöcheltief im Matsch der gepflügten Erde. Nackt bläst er in ein goldenes Saxofon. Warum auch nicht, denke ich. Er watet in einer ölig schimmernden Schmiere, die aus Erdlöchern hervorblutet. Warum auch nicht, denke ich. Ich sehe, wie Kühe und Schweine in diesen Erdlöchern versinken. Wird auch Zeit, denke ich. Wir schwimmen längst um uns selbst kreisend auf einer Insel, umgeben von einem höllischen Inferno.

10:27 Uhr, Maurice

Die Rhythmusmaschine plockert und plockert. Ich spiele das Gitarrenriff weiter und weiter und schließe meine müden Augen. Ich sehe die Gesichter von Frauen. Frauen aus meinem Leben. Meine Mutter, meine Tochter, meine Frau, Freundinnen, ehemalige Nachbarinnen, Schulfreundinnen, Großmütter, Ex-Freundinnen, Urlaubsbekanntschaften, die Klassenlehrerin aus der Grundschule, Angela Merkel, Sophie Marceau. Am Anfang lächelt das ständig morphende Frauengesicht noch, doch langsam schwindet ihr Lächeln und die Miene wird zunehmend finsterer. Ich konzentriere mich auf ihre Augen und drifte in eine Art Wasserwelt. Bäche, Seen, Flüsse, Wasserfälle, das tosende Meer. Ich erblicke Heidmoor und unsere Hütte. Ich sehe Emma und Rev. Gereon steht im Schlamm und bläst wild auf seinem Saxofon. Ich sehe das Saxofon nicht nur, ich höre es. Es klingt unfassbar intensiv. Rev scheint Gereon irgendetwas zuzurufen. Emma kläfft in einem fort. Ich öffne die Augen und blicke aus dem Fenster. Fuck! Da steht wirklich Gereon auf dem Feld und bläst in sein Saxofon. Er spielt wie um sein Leben. Der Acker um uns herum scheint sich irgendwie zu verflüssigen. Einige Stellen wirken wie braunes Plasma. Schockiert vom Reality-Check schließe ich meine Augen und halte Ausschau nach einer Frauengestalt.

10:29 Uhr, Mosh

Ok, es wird mir langsam klar, dass ich mir das alles hier nicht nur einbilde. Ich meine damit nicht OIL. Meine nicht die Treffen und Aufnahmen, sondern dies Unbeschreibliche, das sich mir hier vor die Augen presst.

Als hätte etwas einen fetten Kompressor vor meine Realität verkabelt, verdichtet sich meine Umgebung. Verdichtet und erweitert sich gleichzeitig. Ich merke, dass sich Heidmoor oder auch der Rest der Welt von allen mir bekannten Naturgesetzen zu verabschieden scheint. Die Äcker sind verschwunden, und es hat sich ein schmierig waberndes Meer aus öligen Substanzen anscheinend direkt aus der Hölle empor gedrückt. Alles steigt auf in den Himmel und bildet eine Kugel, welche uns zu umschließen beginnt. Die zerhackten hackenden Krähen und die kackenden Kühe haben sich schon längst in dieser Ursubstanz aufgelöst. Ich höre Gereons Saxofon sich an den Innenwänden dieser Kugel aufreiben.

Geht jetzt etwa alles zu Ende, oder fängt jetzt erst etwas Wichtiges an? Ist das der richtige Moment in meinem Leben, an dem ich es aufgeben muss, um einem neuen Ich Platz zu machen? So denke ich und mein Bass hört nicht auf, mich zu spielen.

Es wäre doch schön gewesen, wenn wir das OIL-Album noch in etwas Schwarzes reinrillen hätten können. Allein um uns zu beweisen, dass dies alles tatsächlich einmal geschehen ist. Denn so wie es jetzt aussieht, werden wir wohl nicht die Möglichkeit bekommen, davon der Welt berichten zu können. Andererseits scheint diese Welt sich ja eh gerade vor meinen Augen aufzulösen. Immer trüber wird die Sicht nach draußen.

10:31 Uhr, Gereon

Nie hat sich Saxofonspielen so schön angefühlt. Ich schwebe auf einem Strudel aus Wellen, Phrasen und sogar Teilen von mir selbst. Das ist die Lösung: Musik aus allem. Wiederholungen sind genauso erlaubt wie Neues willkommen. Kitsch ebenso gerechtfertigt wie Avantgarde gewollt. Die Schranken sind endlich weg. Die Schranken weißer Männer, die Schranken aller Männer, die Schranken aller Menschen.

Im Spiel fällt das alles von mir ab. Die Abhängigkeit von Urteilen, die ganzen Wertungen und die unglücklich machenden Vergleiche. Es scheint alles nicht mehr da zu sein. Durch mein Spiel hebe ich diese Naturgesetze auf.

Die Naturgesetze des Menschen, sie sind eh nur weiche Zäune. Wofür brauchte ich sie? Jetzt brauche ich sie nicht mehr. Jeder Ton, den ich spiele, ist nur ein Ton, für den ich das Wort »nur« nicht mehr brauche. Es geht nicht besser. Ungehörte Melodien und dennoch schöne Melodien. Ein ungeheurer Reichtum an Sound. Es ist endlich alles frei. Wie kann man auf Ideen kommen wie Üben, Lernen, Wissen? Wie auf Konzepte von Verfeinerung, Zuspitzung und Konkretisierung? Warum habe ich da überall mitgemacht? Warum war ich so zivilisiert?

Warum überhaupt habe ich Dialoge geführt? Mich auseinandergesetzt mit allem und allen? Wieso gekämpft und oft gewonnen? Warum ist das Ying-Yang-Zeichen so lächerlich zweidimensional? Warum gibt es das Warum?

Ich spiele schneller, weiter, höher. Sehe meine Freunde im hell erleuchteten Haus sich immer rasanter drehen, während um mich rum alles immer öliger wird. Die Erde scheint sich selbst zu verschlucken. Ich kann zwar nicht schwimmen, aber für mein Saxofon habe ich immer noch Luft.

Die Erde ist der Sonne drittnächster Planet. Sie ist Ursprungsort und Heimat aller bekannten Lebewesen. Auf ihr leben momentan mehr Menschen, als auf ihr jemals starben. Die Gruppe OIL hat 200 Jahre auf ihr gelebt. Ihre auf dem Label ZickZack erschienene Platte enthält 14 Songs und heißt »Naturtrüb«. Die Hündin Emma hat nie wieder einen Wolf gesehen.

OIL